이 책은 아마도 도돌이표가 된다

이 책은 아마도 도돌이표가 된다

발행일   2021년 7월 30일

지은이   이아도
펴낸이   손형국
펴낸곳   (주)북랩
편집인   선일영   편집   정두철, 윤성아, 배진용, 김현아, 박준
디자인   이현수, 한수희, 김윤주, 허지혜   제작   박기성, 황동현, 구성우, 권태련
마케팅   김회란, 박진관
출판등록   2004. 12. 1(제2012-000051호)
주소   서울특별시 금천구 가산디지털 1로 168, 우림라이온스밸리 B동 B113~114호, C동 B101호
홈페이지   www.book.co.kr
전화번호   (02)2026-5777   팩스   (02)2026-5747

ISBN   979-11-6539-884-2 03810 (종이책)   979-11-6539-885-9 05810 (전자책)

잘못된 책은 구입한 곳에서 교환해드립니다.
이 책은 저작권법에 따라 보호받는 저작물이므로 무단 전재와 복제를 금합니다.

(주)북랩 성공출판의 파트너

북랩 홈페이지와 패밀리 사이트에서 다양한 출판 솔루션을 만나 보세요!

홈페이지 book.co.kr   •   **블로그** blog.naver.com/essaybook   •   **출판문의** book@book.co.kr

작가 연락처 문의 ▸ ask.book.co.kr

작가 연락처는 개인정보이므로 북랩에서 알려드릴 수 없습니다.

/ 이아도 네 **번째** 인문 에세이 /

이 책은
아마도
도돌이표가 된다

분노의 힘으로 사랑을 탐구하다

북랩 book Lab

들어가기에 앞서

필자는 여러 권을 쓰면서, 같은 내용을 조금씩 다른 식으로 풉니다. 목적은 각자가 가진 공통된 '업'. 가족 대대로 이어진 '숙업'을 들여다보는 것입니다. 따라서 필자의 의도나 내용은 당연히 독자에게 진실이 아닙니다. 독자가 책을 보고 일어나는 생각, 감정이 다 옳습니다. 독자가 느낄 때 저항감이 있으면 그것이 정답입니다. '저항감' 자체가 당신을 항상 유지시키는 생존력입니다. '저항감 = 죄의식'입니다. 육체에 죄의식이 있으면 보디빌딩을 하듯이, 감정언어입니다. 죄의식이란 결국 나를 살아있게 하는 구명줄입니다. 끈을 끊지 않고 엉킨 끈을 푸는 시도입니다. 결국 모든 내용이 사실이 아닙니다. 필자의 글에 타깃팅은 '부모'입니다. 분노를 담습니다.

목차

1.
혁명의 대가

유명한 뮤지컬 노래가 있다.

내게 친절했던 때가 있었고, 목소리가 다정했고

내게 건네는 말들이 유혹적일 때가 있었어.

눈멀었던 때.

세상이 노래 같았고, 그 노래가 즐거웠던 때.

그럴 때가 있다고.

그 이후로 모든 게 잘못되는 거야.

그 후

지난 시절의 꿈을 꾸는 것.

희망과 가치가 가득했던 것.

사랑이 영원한 듯한 꿈.

그 꿈은 신도 용서할 듯했어.

어리고 두려운 게 적으니까.

그래서 꿈으로 허비한 날. 지불할 대가가 적었으니까.

노래와 술을 즐길 때. 그때 호랑이가 찾아오고.

천둥 같은 순식간의 호통이 희망을 찢어버리지.

꿈을 수치심과 교환하는 거야.

대강 이런 노래다. 세상 모두가 다 알고 있는 것. 무언가 찾아올 거라는 것.

왜냐하면 우리가 그것을 모든 노력을 동원해 찾고 있으니까.

그것 = 죽음

(이 책은 죽음을 피하는 법을 알릴 뿐. 죽음을 바라는 책이 아니다.)

다시는 노예가 되지 않겠다는 민중의 노래.

내일은 오리라! 하며 외친 혁명은 어디 갔을까.

순교자의 피가 거리를 적실 거란 '희망'(희망 = 나 말고 너가 하세요의 이기심)

으로 불타는 우리들의 저열한 혁명.

그러니 살아남은 자는 그 혁명의 대가를 치르리라.

그놈의 사랑 타령하며.

사랑이란 무엇인가.

당신.

이라고 백날 외친들 무엇하랴.

죄의식을 없애지 못하면 마음(자아)과 생각(타아)이 일치될 방법이 없다. 원

래 그렇게 **정해져 있다.**

백만 년을 운동한들, 명상한들, 마음의 힘을 믿은들, 종교를 찾은들 아무

소용이 없다.

인생 게임의 본질을 모르면, 계속 전신을 사슬이 칭칭 감아간다. 그 함정

이 무엇인지 알고 들어가야 풀어낸다. 속박의 사슬. 그 사슬은 안쪽부터 푸는 것. 열쇠는 사랑. 사랑이 없음을 알면 자물쇠도 없다.

예를 들어 어떤 잠겨진 듯한 철문이 있고, 번호 키가 있다.

넘버를 입력하는 자판 위에 이런 글귀가 있다고 하자.

'사랑이란 무엇인가.'

사람들은 철문 앞에 서서 번호를 눌러댄다. 1004, 혹은 7777 등 의미 있는 듯한 번호를 누르는 자도 있고, 그저 아무 번호나 누르는 자도 있다.

그러니 결코 열리지 않는다.

정답은 아무 번호도 누르지 않고 그냥 열고 들어가는 것.

없으니까. 없는 것을 찾겠다 하니 절대 열리지 않는 속박의 감옥. 제 5원소는 없음이다.

그저 열려 있었음을. 허나 오직 죽은 자만 답을 알고 연다. 사랑이 없음을 체득함은 곧 현실이 존재하지 않음을 알게 되고, 그것은 '나'도 없음을 체득함이다. 득도.

죽으란 말이 아니다. 사랑의 실체를 어렴풋이 그저 알아가자는 것.

사랑은 있지도 않은 선악을 부르고 죄의식을 불러오고 죄의식이 죄를 부른다.

사랑 → 선악 → 우열 → 죄의식 → 죄

산 자는 모두가 죄를 지었다. 죄 없이 살아있을 방법이 없으니까.

현실이란 무엇인가. 죄를 씻는 곳. 지은 죄가 무엇인지 알아야 죄의식을 없앨 것 아닌가.

이 책을 필자는 뭐 한다고 쓰는가.

재미없는 세상 조금이나마 재밌어지자고.

'나'를 위해서.

2.
앞선 3권 전체의 요약인 '척'

세상은 공통된 **목표를 갖고 살아간다.** 현재 그 목표는 '사랑'이다.

'사랑'이란 이름은 숨겨진 목표를 갖는다. 그것이 '달'

사랑의 본질 자체가 극단적인 혼돈이다. 그러면 그 혼돈을 없애는 게 목표

가 된다.

당연하지 않은가. 자식(생명 = 나 = 자아) 때문에 골치가 아프면 뭐 하고 싶

은가. 자식을 내보내고 싶어 한다.

부모(세상) 때문에 골치가 아프면 뭐 하고 싶은가. 부모를 안 보고 싶어 하

지 않는가.

그 본질. 사랑. 사랑 때문에 골치가 아프면 사랑을 어떻게 하고 싶은가.

본질이 '사랑'임을 사람들이 모른다. 이렇게 대놓고 글로 써도 잘 와닿지

않는다.

그래서 사람들은 생각한다. 내 머리에 이 '혼돈'이 싫다. 혼돈을 없애고 싶다고.

혼돈의 정체가 사랑이라고. 그것을 알리는 것.

사랑 = 혼돈 → 혼돈이 괴로움. 없애고 싶음.

인류 전체의 사고방식은 하나로 모인다. 삼라만상 하나로 다 모인다. 정해져 있다.

은폐된 실체의 목표 = 달

달의 몰락. 달 터뜨리기. 달을 죽이기.

그래서 모두의 마음속에 달이 그토록 애틋하다.

왜 달이냐면, 결국 너는 태양. '나는 달'이다. 이렇게 정해져 있다. 사랑은 이런 식으로 스스로를 만들어버린다. '나는 달'이니까, 너는 나보다 소중한 '태양'이니까.

지금 나는 혼돈으로 치달으니 결국 나 때문에 너가 죽을 것 같으니 달이 죽어야 내가 너를 살릴 것이 아닌가. 이렇게 가는 것. 이것이 현실 '맥락'(붕괴된 맥락)의 흐름.

이것이 노틀담의 꼽추. 콰지모도의 사랑. 나 못났으니 = 나 없으니, 너가 있다. 춤추어요, 노래해요, 나의 에스메랄다. '나 죽도록' 그댈 사랑해요.

나는 달, 당신은 나의 태양. 달이 죽어도 태양을 살려야 한다.

반대로 가면 프롤로 주교다. 내가 잘난 사랑의 주교 프롤로다. 내가 있다.

에스메랄다, 저 집시가 감히 내 가슴에 헬파이어와 다크파이어를 심는구나.

저 여자를 내 것으로 만들지 못하면 저 여자를 지옥으로 보내겠다. 내 탓이

아니다. 저 여자 탓이다.

나는 이제 이글이글 타오르는 태양. 저 여자는 어둠의 달이다. 저 여자를

갖지 못할 바에 없애야겠다. 달을 죽이자.

이도저도 달 탓이다. 그러니 없애야 할 게 달인가. 사랑인가. 혼돈. 프롤로

가 과연 저열한 비겁자인가, 콰지모도가 과연 고결한 희생의 상징인가.

노아의 방주. 하늘이 깨지는 것. 사고방식의 '맥락'이 깨진 것. 원인을 못 찾

은 것.

원인 = 사랑.

'사랑' 이 자체를 없애야 함에도. 이미 먹어버린 사랑을 없애는 것은 극악

의 난도다. 개인 각자가 정신의 극단까지 연마하여야 그나마 사랑이 있는 듯

없는 듯할 텐데도 그 방법을 서로 봉쇄시킨다. '너를 위해서'라는 기괴한 언어

와 '이래라저래라'를 남발하면서 '나'를 위해서와 '스스로 하는 것'의 4세트를 4랑으로 묶어버려서 이걸 풀어낼 방법이 없으니까.

(실상은 단순히 4방향이 아니다. 무한대의 변칙법에 걸려있다. 그러니 사랑은 없음으로 초기화 시키지 못하면 아무 해결책이 없다. '사랑은 이러 이러한 거예요. 사랑은 레퍼런스가 없어요' 하는 뜬구름 잡는 소리하는 것으로 가면 아무것도 안 된다. 사랑 = 없음. 이것을 마음으로 못 느끼거나, 사랑 = 없음을 세상은 증오만 있다로 방향을 잡으면 그것이 바로 사랑 = 있음으로 가는 것이다. 표현할 방법이 없다. 순환논증 속으로 빨려들어 가니까.)

서로 소통이 붕괴되어 있기에 아무도 자신의 '사랑'이란 감정을 없앨 해결책을 갖지 못한다. 분노를 풀어야 자아가 해방되는데 분노를 풀 원인자(가해자)가 이미 망가져 버렸다. 하필 대상이 부모(세상)다. 그러니 풀 방법이 없다. 그러면 희생자끼리 풀어야 한다. 부모조차 결국 희생자다. 그러나 부모는 이미 없거나, 있다 해도 답이 없다. 답이 없는 자에겐 백만 년을 말해도 알아들을 방법이 없다. 답을 아는 자는 '부모'가 아닌 스스로를 '부부'로 알고 있는 정신이 남아있는 사람들이다. 부모는 답이 없다. 부부는 답이 있다.

대등 관계. 이것을 성립시키지 못하면 애초부터 그 누구도 답이 없다. 강제로 하는 것이 아니다. 어른한테 아이가 반말하면 어른이 기분 나쁜 게 정답이다. 당한 것은 풀 수 없다. 그러니 대등 관계를 찾아내는 것. 두 사람이 만들어 나아가는 진짜 팀원. 진짜 가족을 찾는 것. 가장 쉬운 방법은 나보다 약한 자라고 세상이 틀을 억지로 씌운 이에게 대등 관계 성립시키기. 이조차 결코 쉽지 않다. 나만 당할 수 없다는 마음은 모두에게 다 있다. 잘못된 게 아닌, 그저 이렇다는 것.

그래서 감정 줄이기.

사랑이 혼돈을 줌 → 모든 타깃은 '내가 없음' → 나는 달 → 달이 없음.

'달이 없다'라는 모두가 공통된 타깃이 형성되기에 세상이 '인과율'에 지배된 '척'하는 흐름상 우리 세상은 알아서 달을 없앨 근거를 만들어준다. 그것이 관념으로 이루어진다. 원인이 사랑임을 모르고 원인을 '달'이라고 생각한다. 그래서 그 시나리오가 가동 중이다.

(그거 들켰다고. 들켰다는 것. 이것을 필자가 알리는 것.

확신하면 불신으로 나타나는 것. 확신이 애매하면 반대급부의 타격이 작은 것. 이렇게 해보자는 시도를 알리는 것. 그저 알고 있다는 걸 알리는 것.)

어찌 됐든 전 세계인의 사고방식이 '달 터뜨리기' 이렇게 흐르고 있다. 농

담 따먹기도 아니고 그저 이렇다. 혹자는 말한다. '나는 안 그런데? 달이 사랑스러운데?'

달이 '사랑'스럽잖아. 사랑이 없는데 사랑스러움. 없애겠다는 말.

(사랑 = 없음. 이 말뜻은 말 그대로, 누군가에게 사랑 '받고' 싶은 마음. 이것이 원천 불가능 이라는 것. 타인에게 사랑받기 = 불가능 = 없음. 그럼 이쪽으로 말을 안 풀고, 사랑 = 없음으로 말을 계속 풀어내는가? 생존에 위험하니까.

'사랑받을 수 없음'으로 향하면 '죽음'으로 방향성이 생긴다. 그러면 이도 저도 '죽음'만을 생각하게 된다. 자살자도 다 이쪽 루트를 탄다. 나쁘다는 게 아니다. 그저 이렇다는 것.

그러니 그저 사랑 = 없음. 기준은 나. 대상은 당신. 나 → 당신. 사랑 없음. 그저 당신이 있다. 그걸로 족하다. 끝.

이것을 발견하는 것. 글로 절대 도달치 못한다. 밤에 피는 꽃이 아니다. '사랑받기 불가' 쪽의 이념은 반드시 바리사이파. 혹은 바리새파라 불리는 천사를 추종하고, 어둠을 향한 '부활'의 개념인 윤회사상으로 변질된다. 그러면 후생이 생기면서 후결이 선결에 묶여 전생이 자동생성되어 '현생'이 정반합으로 사라지고 '지금'이 사라진다.

결과적으로 불교의 맥락으로 흐른다. 나쁜 게 아니라, 방향성이 '생존'이 아닌, 고결한 '죽음'으로 향해 간다. 필자의 책은 나'의 '생존'을 기준으로 두었을 뿐, 필자가 책에서 비난하는 모든 것은 비난을 흉내 내어 정반합으로 죄의식 관념을 초기화시키는 의도다.

그래서 거칠다. 미사여구가 거의 없고, 현재어가 중심이다.)

말장난이 아닌, 그것이 사랑의 혼돈.

그 많은 어린아이 살해사건.

'어떻게 사랑스러운 아이를 죽일 수 있어?'

사랑'하니까'. 사랑한다 → 죽이겠다. (혼돈)

사랑이 식어간다 → 증오가 올라간다 (혼돈)

사랑하면 상대에게 명령한다. 이래라저래라. 너를 위해서.

증오하면 상대에게 명령한다. 이래라저래라. 너를 위해서.

현실에선 사랑 = 증오 완벽한 동의어다.

동의어를 동의어라고 아무도 모르지 않는가.

싫은 사람 = 부모 닮은 자. 나를 닮은 자.

좋은 사람 = 부모를 닮지 않은 자. 나를 닮지 않은 자.

부모 = 반대된 행위와 감정을 갖는 자. 이성적인 자. 감성을 주입하는 자

반대된 자 = 이성. 부모, 감성주입자.

사랑하는 자 = 이성, 부모, 감성주입자.

증오하는 자 = 이성, 부모, 자식(나), 감성해방자.

앞뒤가 하나도 안 맞는데 맞아버린다.

실제로 이렇다는 것. 그러니 부모 닮아 결혼하되, 부모 닮아 화가 나고.

부모랑 달라서 결혼하되, 부모랑 달라서 화가 난다.

그렇게 정해져 있다. 앞뒤가 똑같아 버리니, 극과 극이 통해버린다.

"극과 극은 통한다."

'통'하니까 모든 결과는 고'통'이다.

이것이 순환의 서클. 자연의 이치. 왜.

사랑하니까. (잘못된 거 없다. 잘못이 아니라고. 이렇다는 사실을 그대로 보여준다.)

사실관계 = 사망관계 = 사랑관계

현실관계 = 생존관계 = 사랑관계

사랑은 똑같이 있다. 왜. 사랑을 완전히 없애면 현실존재 없음. 사실존재
도 없음.

사랑이 전부 = 생명의 관념은 사랑으로 이루어진 게 맞다. 사랑을 없앨 방
법은 없다.

그저 극한까지 최소화 시키기.

사랑 '하지' 않는 것. 누구도 사랑 '하지 않아야' 비로소 사랑이 뭔지 알아 간다. 사랑하지 않아도 된다는 것. 사랑하지 않아도 함께할 수 있다는 것. 사랑할 필요 하나도 없고, 사랑하면 사랑할수록 현실은 반드시 그 대가를 치르게 한다는 것. 협박도 아니고 말장난도 아니고, 필자는 비유를 쓰지 않음에도 독자는 뭔가 비유인가? 하는 착각에 빠진다. 비유가 아닌 직설법이다.

사랑 '하면' 망한다.

별거 아니네. 라고 생각할 게 아니다.

사랑스러운 자식을 낳거나, 부모의 병환을 보거나, 매력적인 이성이 관심을 줄 때, 사랑 '하지' 않을 자신 있는가. 이보다 어려운 것이 결단코 단 하나도 없다. 극악의 난도. 강력한 혼돈을 뚫어낼 인간이 있는가. 눈앞에 있는데 사랑하지 않을 자신 아무도 없다는 것.

그저 '사랑'이구나 하고 받아들이면 된다. 이런 게 '사랑'인가 보다 하며 '혼돈'을 그저 보는 것, 그렇게 사는 것. 이래서 '증오'가 나왔구나 하고 그저 느끼고 마는 것. 갚지 않는 것. 후회하지 않고 걱정하지 않아지는 것.

노자는 말한다. '작은 원한은 갚지 않고, 큰 원한, 즉 천하가 죽이고 싶어 하는 것은 동참하는 것이 덕이다.'

동의한다. 헌데 이 뜻을 세상은 모른다. 작은 원한이 무슨 작은 물건을 잃은 것, 작게 다친 것 이런 식으로 생각한다. 그러니 큰 원한은 연쇄살인마, 이런 식으로 착각한다.

천하가 죽이고 싶어 하는 것 = 사랑.

사랑이 모든 범죄를 다 일으키는데 사랑을 없애야지 뭐 한다고 사람을 미워하는가. 뭐 한다고 사람한테 원한을 갚는가.

(사랑에 동사를 붙이지 않는 것을 말한다. 사랑에 동사를 붙이는 순간 인생 꼬인다는 것. 발설하는 자체가 삶을 망가뜨린다. '사랑해', '사랑하니까', '사랑해서 그래' 이런 언어가 악마를 만든다. 누구를? 본인을. 그리고 상대를. 증오 덩어리로 만들고 사람을 망친단 말이다.)

대체어도 있다. 혼돈. 혼란. 굳이 말해야 하면 이렇게 '느끼고' 하는 것.

너를 사랑해 = 너를 혼돈으로 빠뜨리겠다. 이렇게 상대에게 솔직히 고해하는 것.

너를 사랑해 = 내가 혼란스러워. 이렇게 스스로에게 솔직한 것.

(이따구로 말하면 '찐따'가 된다. 그러니 이런 기분을 갖고 말하면 된다는 것. 상대방에게도 알리는 것. 그래야 보여간다.)

쉽게 말해서,

"나를 왜 사랑해?"

너 자체가 사랑이다.

난 널 사랑하지 않아. 그저 사랑으로 보여.

(느끼해 뒤지겠다. 그래도 이걸 실로 느끼는 것. 그래서 느끼하다.)

(혼돈, 혼란이란 개념 자체가 사랑에서 파생된다. 그러니 사랑을 모르면 생명도 없고, 혼돈, 혼란도 없다. 그러니 이 내용 자체가 순환을 돈다. 그 느낌 가져가는 것. 삶이 편해지니까. 우리가 생기니까. 세상은 다 뻥이다. 현실이라 불리는 뻥을 만드는 게 사랑. 그러니 그 뻥을 느끼는 것.)

이걸 마음으로 깨우치고 상대와 일치시키지 못하면 혼돈의 사슬을 풀 방법이 없다. 이걸 지지자를 만나 대강이라도 풀어내지 못하면 '달이 터진다.' 우리 세상은 우리가 만든 뻥이다. 우리가 없으면 세상이 사라진다. 지금 세상은 우리가 없어진다. 우리를 만드는 방법 없음, 사랑 없음 - 너가 있다.

사랑이 없다 = 증오가 없다 (정답)

고마움이 있다 = 너가 있을 수 있다 = 그럴 수 있다 = 그래도 된다. (정답)

사랑이 없고, 고마움이 있음을 알면 증오가 식는다.

상대를 허용한다. 너가 맞다. 나를 위해서.

그래서 필자는 방법이 없고. '당신이 있다.'를 외친다. 왜?

세상은 과학이 아니고, 관념. 즉 꿈의 현실화다. 가상에 가깝다는 것. 가상도 아니고 가상에 가까움. 각자의 두뇌가 이룩하는 두뇌의 결집체.

두뇌. 뇌. 내.

'두'뇌. 내 + 내 = '나' 그리고 '너' = 신뢰 (자아+타아의 일치된 마음과 생각. 한쪽이 마음을 담당할 때 반대편이 생각을 담당하고 번갈아 하며 둘의 마음과 생각을 일치시킬 때 신의 권능이 현실로 터져 나온다.)

신뢰를 깨지 않는 유일한 방법 - 기대하지 않고, 기대는 것.

사랑을 깨지 않는 유일한 방법 - 사랑하지 않고, 사랑인 것.

리만가설: 규칙없음 = 규칙

사랑가설: 사랑없음 = 사랑

달을 터뜨리지 마세요~ 외칠 게 아니다. '마세요~'하고 외치는 자체가 이래라저래라고 그것이 '너가 없다'다. 그러면 가속화된다. 그러니 방법이 아니라는 것.

2진법(현실 = 1, 사실 = 0)을 4진법(생명)으로 찰나 간 돌려버리는 시도다. 필
자가 8진법을 흉내 내는 것. 2진법의 현실 속에 8진법(있었지만, 없어졌고, / 없
었지만 있어진다.)을 흉내 내는 책을 읽으면 사람의 잃어버린 4진법이 찰나 간
이라도 번뜩인다. 물론 고통이 따른다. 고통이 없을 수도 있다. 필자만 고통
스러웠는지 읽는 사람도 고통스러운지 당신의 진실을 알 방법이 없으니까.

1 → 0으로 가는 것을 1 → 0을 찍기 직전에 0 → 1로 순간 되돌리는 시도
라는 것. 다수가 될 때 집단의 관념이 되어 현실화된다.

내가 혼돈 → 내(뇌)가 없어져 간다. 마음이 뒤틀려 간다.

(좌뇌와 우뇌 중 한쪽의 기능이 다른 쪽을 공격해 간다. 치매. 뇌질환)

(마음의 좌심, 우심이 서로 엇갈린다. 심장병)

남는 것은 단 하나.

'너가 있다.' 이거 하나 찾는 것.

너가 희생하라가 아니고,

철수가 영희에게 영희가 주장할 때 '너가 맞다' 하면, 영희는 철수에게 철

수가 주장할 때 '너가 맞다'고 똑같이 받아치는 것.

(섣불리 하는 것이 아니고, 해야 된다는 것도 아니다. 책을 이해한다면 시도해 볼 수도 있을 정도가 된다. 극한의 정신고통을 준다. 결코 호락하지 않다. 그러니 추천하지 않는다. 그저 필자가 고통으로 풀어낸 경험을 본다.)

서로가 서로에게.

아무리 혼자서 너가 있다고 외쳐도 세상 사람은 하나같이 미쳐 간다.

철수가 영희에게 '너가 있다' 하니 영희는 '내가 있나?' 하다가 미쳐 간다. 왜? 내가 혼돈. 그러면 내가 없음으로 가고 싶은데 철수가 자꾸 너가 있다 하니 철수를 죽이고 싶다. (나도 없고, 너도 없다의 공멸의 신호를 발사한다.) 혹은 스스로 죽고 싶다. (나만 없어져야겠다.) 영희는 '내가 있다'가 아닌 '너가 있다'로 맞장구를 칠 방법이 없다. 왜냐면 그런 건 세상에 처음 느껴 보았으니까. 아무도 이렇게 나를 온전히 받아준 사람이 없었으니까. 그러니 자아도취에 빠진다. 그러면 광기가 올라온다. 철수에게 되려 공격(사랑 타령하며)하거나 좌절하거나 도망간다. 정해져 있다.

예를 들어, (요약이다. 모든 대화는 이따구로 흐른다. 다 느낄 것이다.)

철수: 우주가 지구보다 위대해.

영희: 그 말이 맞아.

철수: 그래도 지구도 이러쿵저러쿵 위대해.

영희: 그 말이 맞아.

철수: 고마워. 너의 생각은 어때?

영희: 나도 지구도 위대하단 생각에 동의해.

철수: 그렇지. 맞지. 그리고 우주가 지구보다 위대해.

영희: 맞아.

철수: 어…. 맞아. 그리고 내 말 들은 것 맞지? 난 우주가 위대하다고 했어.

영희: 맞지. 우주가 위대하지.

철수: 그래. 지구는 이러저러해서 위대하고.

영희: 맞아. 지구는 위대해. 하찮지 않지.

이런 식으로 모든 말은 다 맞다고 하면 정반합으로 비교 대상이 점점 작아

진다. 그러면 파생된다. '감정'이 흘러나오기 시작한다. (요약이다. 그리고 비교

하지 않으면 대화는 할 방법이 없다. 비교대상 없이 그 누구도 말할 수 없다. 오늘 날씨

좋죠? (안 좋은 날과 비교적으로.) 그러니 비교는 잘못이 아니라는 것. 죄 아니라

는 것. 비교하지 말라는 그런 학자들과 매체들의 말 자체가 자체모순이다. 비

교하지 말라는 말 자체가 비교적으로 비교하지 말라는 말. 앞뒤가 순환된다. 잘못된 게 아니라, 스스로 무슨 말 하는지 그들도 모른다. 다들 바보 흉내를 낸단 말이다. 그것이 '타아' 타아는 2진법 말곤 아무 생각을 못 한다. 정해져 있다.)

철수: 너 내 말 듣는 거 맞지? 내 주장은 그게 아니라고. (흥분)

영희: 듣고 있잖아. 내가 너 틀렸다고 한 적 없어.

철수: 그래. 맞아. 근데 어…. 내 근거가 그러니까. 이러쿵저러쿵 (스스로의 논리 파괴)

(논리를 파괴하는 이유가 2진법(논리) → 4진법(생명)으로 돌아가는 신호다. 나쁜 게 아니다. 그걸 나쁘다고 세상이 주입한 걸 믿으니까 자아가 미쳐 간다.)

영희: 정말 그러네.

철수: (어? 어쩌지. 내 말에 모순이 있는데, 왜 영희가 맞다는 거지? 나 어쩌지. 뭐가 뭔지 모르겠어. 들키면 어쩌지? 자료라도 찾아서 내가 틀린 것을 증명하면 어쩌지?)

철수: 그런데 빨래하고 왜 그렇게 뒷정리를 안 하냔 말야. 그리고 내가 샴푸는 할인할 때 사라 그랬잖아! (느닷없이 이래라저래라)

(혼돈의 분노)

그래서 혼자 하는 방법이 아니라는 것.

아무 생각 없이 그저 서로가 서로에게 '너가 맞다.' '너가 있다.' (나를 위해서

가 전제.)

이러면 둘 다 동시에 맞춰가며 둘 다 광기에 찬다. '어디까지 나한테 이럴

거야' 하며 분노가 극한까지 치밀어 오른다. '내가 맞긴 뭐가 맞냐'며 돌아버

린다. '나 어디까지 들킨 거야?'라는 극한의 수치심. 창피함. 창피함 자체가

운명을 피한다는 미래감정. 창피함 = 창을 피함 = 운명의 창을 피한다. 롱기

누스의 창을 피한다. 이러니, '혼돈'이 머리를 때린다. 정신이 나가려 하며 생

각이 이리저리 휘몰아치고 어지러울 수 있다. 이렇게 살 거면 차라리 죽어버

리고 싶고 내가 뭐가 맞다는 거냐며 서로가 극한의 분노가 몰아치기도 한다.

그 분노의 원인 = 사랑.

사랑이 없음이 전제라는 걸 미리 눈치를 채고 들어가면, 그 분노를 서로에

게 풀지 않고 어느 순간, 서로가 컷팅시킨다. '야야 우리 여기까지 하자. 나 정

신 나갈 거 같아. 내 싸대기 좀 때려봐.' 식으로 다시 정신을 서서히 회복(회복

이 아닌 생각 삭제화)해 가고 그리고 또 미쳐 가고 반복하며 감정을 서로 줄여

나가는 게 가능하다. 주로 남자가 미친다. 여자는 어느 정도 정신의 여유치가

있지만, 남자는 애초부터 정신이 여유가 없다. 남자는 '타아'의 역할이다.

여자는 '자아'의 역할을 부여받고 시작하기에 여자의 권능이 더 크다. (보편적으로 이럴 뿐 사랑 = 혼돈을 많이 먹은 여자는 마찬가지로 정신의 여유가 없다.) 그렇기에 남자는 논리적 역할을 부여받는 경우가 많다. 세상이 그렇게 강요했으니까 그럴 뿐 타고난 게 아니다.

생명의 겉모습은 믿음 형상. 세상이 공통으로 수용한 것 중 일치화가 잘 된 것이 그대로 나오고 일치화가 안 된 것은 혼돈으로 형상이 나오는 것. 우리는 그저 관념의 정신체일 뿐 육신의 구속구를 통해 세상 속에 들어온 것. 즉 여기가 지옥인지 지상인지조차 알 수도 없다. 지상임을 전제로 글을 쓸 뿐 지옥이면 뭐 지옥인가 보네 할 뿐이다. 달라질 건 없으니까.

음양의 이치는 남자를 '양'으로 속이고 여자를 '음'으로 속이고 출발하기에 이 속임수를 간파하면 남자가 현재 '음'임을 알게 된다. 남자가 '음'이기에 '달'이다. 달을 죽이는 게 목표기에 희생'양'이 남자가 된 속임수 거래. 그걸 사랑을 믿은 채(원인이 사랑임을 모른 채)로 간파(오류)하면 여자가 속였다고 믿게 되어 여자를 핍박하는 혼돈의 세상.

(나를 위해서 + 너가 맞다 = 사랑 없음. 이것. 쉽게 볼 게 아니다.

나를 위하면 → 내가 맞다로 흐른다. 너가 맞으면 → 사랑이 있다로 흐른다. 그러면 세계에 지배당하고 시간에 지배당하여 죽어간다. 잘못 아니다. 그렇다는 것.)

논리로 사랑이 없음을 알아가려 하면 정신이 깨져버린다. 그래서 여자의 자아의 힘(그러러니의 관대함)을 빌리는 것이 가장 쉽긴 하다. 꼭 그렇다는 게 아니다. (필자가 쓰는 내용 전체가 사실이 아니다. 사실 = 죽음 = 근거 = 노력 = 없음 / 현실 = 생존 = 착각 = 꿈 = 있음. 즉 '있음'을 전제로 쓴다. 그래서 착각을 쓰는 것. 세상 은 사실관계다. 이 책은 현실관계를 쓴다.)

서로가 서로의 정신을 일치시키는 과정 중일 때,

특정 환상을 볼 가능성이 농후하다. 과정상 제대로 현실과 맞출 수가 없으 니까 현실에서 본 적 없는 작은 이상현상들이 눈앞에 나타난다. 자신의 지지 자와 함께 있을 때 같이 보게 될 수 있다. 새가 공중에 정지되어 있거나, 여러 현상이 있으나 굳이 쓰지 않는다. 내용에 지배당할 수 있으니까. 못 볼 수도 있다. 필자의 경험이다. 관념을 둘 이상이 함께 맞추면 귀신도 나올 수 있다. 그래서 다수가 폐가에 놀러 가서 공포게임하면 실제 귀신을 봤다고 하는 것 이다. 군대 초소에서 야밤에 경계근무를 같이 서다 같이 공포에 질리면 귀신 을 봤다고 하는 것이다. '두'뇌가 일치되면 순간 그들만의 작은 현실화가 된 다. 실로 그렇다. 종교집단이 집단자살을 하는 것처럼 관념을 일치화하면 그 들에겐 혼돈이 그대로 공포로만 보인다. 죽어도 부활할 것처럼 죽음 → 탄생 으로 앞뒤가 바뀌어 버린다. 집단자살을 하는 이유는 '사랑' 때문이다. 혼돈의 원인. 악마의 씨앗. 악마 그 자체가 '사랑'이다. 사랑 = 사탄이 되어 있다.

그래서 그럴 때 하는 것. **깜짝이야 - 무서워 - 고맙습니다.**

이러면 해를 끼치지 않게 된다. 수용하는 것. 허용하는 것.

내가 사랑이다 = 내가 사탄이다.

내가 사탄이고 보니 너가 사탄이로구나. 그조차 아름답구나.

사탄이 사탄을 수용하는 것. 증오가 없는 사탄. 광기가 없는 사탄. 해를 끼치지 않는 사탄.

이것을 아는 것. 너가 천사라서 좋은 게 아니고, 너가 사탄이어도, 천사여도, 그저 그럴 수 있구나. 그래도 된다 정도를 느끼는 것.

서로가 사랑이 없음을 전제로 감정을 줄이다 보면 어느 순간 둘 중 하나에게(주로 남자가, 혹은 소수의 여자가) '공허함'이 몰아친다. 공허함은 극복하는 게 아닌 그저 공허하구나 하고 받아들이다 보면 다시 생각이 삭제되거나 기억이 삭제되거나 뭐가 됐든 회복된다. 하지만 실제로 견뎌내기가 쉽지는 않다. 혹은 세상에 나 홀로 정신이 붕 떠 있다. '독생자'라는 기분을 실로 알게 될 수 있다.

'나는 실로 부모도 없고 세상에 논리를 따라가면 존재할 수 없는데 어떻게 내가 여기 있지?'라는 방황 속에서, 정신이 붕괴되려 한다. 그때 지지자를 쳐다보다가 아, 그렇구나 너가 있기에 내가 있구나. 진실로 깨닫게 된다. 그리고 부모를 생각하며 아, 부모가 나를 낳아서, 키워서 고마운 게 아니구나. 그저 부모조차 태어나서 고맙구나로 빠진다. (대등 관계. 예의범절 싹 다 무시해야 진실로 느낄 수 있다. 등가 치환 되는 것. 나랑 부모랑 똑같구나. 우열 없음. 순서 없음. 그 누구도.)

그렇게 나아가다가.

어? 아니 너조차 있긴 있는 거냐?로 빠져들어 간다. 이때 '고맙습니다.'의 정체를 간파한다. '너가 있을 수 있다.'

"선물 사줘서 고마워." (안 사줬으면 안 고마워.)

"내가 있기에 고마워." (내가 없으면 안 고마워.)

그렇기에 너에게 고마워. 너가 '있을 수' 있으니, 나도 '있을 수' 있구나.

가운데를 등가 치환으로 삭제하면. '너가 있다. 따라서 내가 있다.'

이렇게 하는 것.

세상이 논리로 이루어진 '척' 했으니 그것을 그대로 수용하는 '척' 하는 것.

나도 논리적으로 '있다'가 되는 '척' 하는 것.

이 짓을 왜 하냐고?

달이 터지지 않게 하거나, 달이 터져도 피해가 적게 하거나,

달이 터지기 전에 일어날 수많은 사건들에서 살아남는 것.

살아남으려고. 같이.

예언을 박살 내는 것.

(안 해도 될 수 있다. 필자가 느꼈던 걸 책으로 같이 느끼는 자체만으로 해결될 수도

있으니까)

필자도 모른다.

'착각'을 본다.

3.
짐승의 표 환란

666은 말 그대로 육체 육체 육체의 삼각 구도. 인간이 꼬리를 감췄기에(척하고 있음을 안 들키려고) 육체다. 꼬리가 있으면 다 들킨다. 그래서 동물은 인간에게 늘 들킨다. 무엇을? 감정을.

한데 인간은 자신이 꼬리를 감추었단 사실을 몰라간다. 즉 꼬리가 진화로 없어졌고. 결국 '논리적으로' 없음이 됐다고 믿는다. 인간은 꼬리가 없는 동물이 됐다. 동물처럼 구는 것. 다 들킨다. 무엇을? 감정을.

정신이 날아가 버린 것. 자아가 타아의 (1 숨음 - 2 의심 - 3 허풍 - 4 흉내)를 받아들이고 5(천사) - 6(악마) - 7(사람)로 이동하며 7의 겸손과 존중을 아는 관대함의 자아가 사라지고.

그저 1~4를 거쳐 5 - 6 - 7 이 6 - 6 - 6으로 죄의식에 고개를 못 들다가 결국 자신밖에 모르게 되어 광기에 취하게 되는 것. 자멸하려 하는 것. 왜냐면

자초했다고 몰입하니까.

재앙이 시작되면(구원을 바라면. 구원이 온다. 실제로 구(9)가 원(0)이 된 형체로 온다. 구형과 원형이 올 거 아닌가. 그것이 달이 떨어지는 것. 달이 구체이고 원형이니 구원이 오는 거다.) 사람은 이제 서로 믿을 수가 없고 자기 팀원도 없고 서로 갈취하고 사냥하게 된다. 나의 편이 아무도 없으니까. 실질 지지자가 없으니까. 나를 그대로 받아들여 줄, 그런 팀이 없으니까. '우리'가 없다는 것.

우리가 없는데 재앙을 버틸 방법도 없으면 뭐 하는가. 서로 잡아먹어야 할 거 아닌가.

참으로 별미가 따로 없지 않겠는가.

즐거움이란 무엇인가.

4.
구원은 없다

구 = 9

원 = 0

9(정자) → 0(난자) → 새생명(3) 이 나온다. 그래서 새(세)생명이다. 새생명이 구원이다.

(아래는 대강 읽고 만다. 이런 느낌만 가져가는 것. 그저 느낌만 보는 것. 표현 방법이 없으니까)

'새'라는 동물이 어떻게 나는가 '3'의 모양. 새 = 세 = 3. 원래 이렇다. 새 것.이라고 할 때 발음이 '쎄'다. 새라고 발음 안 한다. 그래서 쌔것은 쎈 것이 다. 관념. 새라고 발음하면 샌다.

'세'차하면 물이 샌다. 쎄차하면 차가 쌔끈해진다. 관념. 각자의 관념의 진 실대로 그대로 나타난다. 그러니 말한다. '착각'을 보는 것.

집단이 일치된 관념을 쓰는 것. '나'를 위해서. 개인의 생각 속의 혼돈 중에 세상과 일치력이 높은 것들. 이 세상은 진짜가 아니다. 그저 한없이 진짜에 가까울 뿐. '관념'의 세계.

흔히 말하는 가상현실의 '통 속의 뇌'와 다르다. 그건 자신의 관념을 말할 뿐.

'나'의 관념의 힘이 아니다. 당신의 '관념'의 힘을 나의 주관에 맞추게 한다. 지지력. 믿음.

그러니 과거에 괴물이 실존했다. 다수의 관념이 뭉치면 괴물이 나온다. 논리적으로 흐를수록 괴물 같은 건 없되, 세상 전체가 원래 '논리'가 아니기에 세상 전체가 깨져 버린다. 논리는 세상에 성립 불가능. 생명은 4진법. 현실은 2진법. 그래서 논리는 늘 2진법. 4진법 생명은 논리적 세상에 있을 수 없다. 봉쇄되어 있다.

그러니, 논리가 아니게 만들려면? '사랑' 이것을 '혼돈'의 감정으로 주입하는 것. (생명체)

그래서 논리력의 정반합을 봉쇄시킨다. 그러면 혼돈의 감정이 가족이라는 후결로 선결을 묶는다. 그래서 시간이라는 4진법을 성사시킨다.

흐름. 시간. 4진법 생명. 혼돈의 생명. 후결을 선결로 묶음. (시간의 본질)

4진법 (있다, 상관없다, 모른다, 없다)

상관없다, 모른다의 상태를 능수능란하게 '있다'로 다루면 사람이 바로 서는 것. 세상이 늘 있음으로 가는 것.

작금의 인류는 혼돈을 과도하게 먹고, 세상이 사람을 지배한다고 믿는다. 가족이 먼저 있다고 믿는다. 팀원이 팀을 만든다는 기본 개념을 모른다. 팀이 팀원을 만든다고 착각한다.

'원래 그랬지 않아?'

원래는 세상에 '논리'가 지배하지 않았기에 정신력이 풍요롭고, 현재는 '논리'가 지배하니까 정신이 하나도 없지 않은가.

현인류가 하는 생각은 '상관없다, 모른다, 없다'로 흐른다. '있다'가 삭제되고 있다. 세계가 죽어간단 말이다. 상관없다는 모른다와 겹쳐버리거나, 모른다는 없다와 겹치니, 쾌락, 나태와 죽음 말고 아무것도 생각이 안 나는 것이다. 문해력이 없어지고 창의력 같은 건 별나라 얘기처럼 보이는 이유다. 자존감 거리며, 자신감은 애초에 사라졌고 서로가 서로를 불신하는 것 이외에 아무것도 못한다.

내일 뭐 해야지 하는 마음이 내일을 불러온다. 그래서 시간은 흐른다. '어제 뭐 해야지'라는 마음이 불가능하다. 어제는 있었기에 4진법상 없어지지 못한다. 8진법은 있었지만 없어짐을 발동한다. 그러면 과거로 갈 수 있으나, 현실과 생명은 2, 4진법이기에 8진법을 봉쇄한다. 2 × 4가 되면 8이 되지만 현실과 생명이 곱하기가 되면 충돌되어 터진다. 곱하기 = 섞기다. 니트로글리세린이 스스로 섞이면 터지듯, 나 = 세상이되 나와 세상이 섞이면 터진다. 그러니 터지기 전까지 단일방향으로 간다.

(그래서 사람들이 뭐든 터뜨리고 싶어 하는 것. 왜인지 자꾸 곱하고 싶고 곱빼기 먹고 싶어 한다.)

그래서 시간여행은 '생존'의 현실 속엔 원래 없다. 불가능. 끝. 이렇게 간단히 보는 것. 들어가지 않는 것. 왜. 들어가면 갈수록 '사랑'이 잡아먹으니까. 학자는 학문을 사랑한다. 그러면 학문을 죽여야 한다(합치되려 하니까). 그러면 새로운 학문을 만들어야 한다. 새로운 학문은 '나'를 통제한다. '나'는 죽어간다. 정해져 있다. '내'가 되려 하니까 '내'가 되면 '죄'가 되고 이래라저래라하고 명령어는 변화를 만드니 그 대가를 치러야 한다. 그러면 미래로 가속화된다. 그래서 언제나 시간은 한 방향으로만 간다. 대가 없는 변화는 없다. 대가 = 시간. 시간은 무한대. 시간은 무한자원. 시간은 언제나 있을뿐. 시간은 통제할 수 없다. 시간을 아껴 쓸 방법 없다. 시간을 그저 즐기는 것. 시간을 즐기는 것이 시간을 가장 잘 쓰는 것.

'동영상은 뒤로 돌릴 수 있잖아.'

뒤로 돌릴 수 있지. 당연한 말씀이죠. 시간을 담보로. 동영상을 뒤로 돌리면 시곗바늘이 거꾸로 가지 않는다. 시곗바늘은 그대로 흐른다는 것.

'그럼 왜 이런 글을 써.'

뒤로 돌릴 수 있으니까. 젊음으로. 시간을 담보로. 나의 나이(나 이외의 것)를 빼 나갈 수 있고 나이를 빼내면 세상은 '나'니까 알아서 '나'의 세상은 건강해지는 것. 현실과 생명의 결합논리에 성립되니까. 성립되면 가능하다. 불멸자. 이런 권능은 '나'에겐 없다. 당신에게 있다.

지금 '혼돈'이 강력한 논리를 잡아먹고 있다. 논리로 지배된 상태에서 혼돈이 다시 논리를 먹어간다. 이러면 세상이 깨진다. 우주. 우주를 멋대로 확장시키고, 지구를 초라하게 만들고 있다. 그러면 지구인은 초라해진다. 뭔가 특별한 우주적 존재가 있다고 믿던가 뭔가 우주가 원래 '나'보다 먼저 있다고 믿어간다.

나와 너는 동시에 초라해진다. 이러면 '우리'는 없어진다. '나'는 누구인가. 누구에게나 자신은 '나'다. 결국 '너', 당신의 힘이 약해지면, '나'를 살릴 방법이 없다. 그래서 달이 터진다.

'야 임마, 필자야. 너의 주관에 일치시키면 달이 터지잖아! **난 죽고 싶지 않아.**'

바로 그것. '나'는 불멸. 죽고 싶지 않음이 진실. 진실이 현실화되는 것. 가장 베이스가 되는 진실이 바로 '죽고 싶지 않음' = '있음' 이것을 내면에서 꺼내는 것.

'아닌데? 난 살고 싶은데?' 웃기는 소리. 부자 되고 싶잖아. 그래서 이름부터 '부자'다. '내가 없다.' '자아가 없다'. 부자. 단어는 이렇게 내면에 소리가 형성되는 현실 투영이다. 그래서 부자는 천국에 가기가 바늘구멍 통과하기라는 말이 있다.

'자아가 없으니까' 잘못된 게 아니라, 다들 목표가 '내가 없다'이다. 틀린 게 아니다.

"내가 없고, + **너가 있다.**" 이걸 못 찾는다고. 그러니 똑같은 얘기만 하는 것. "너가 있다." 이거 찾아내는 것. 찾았다고? 찾았으면 불멸자다. 늙을 방법이 없다. 젊어진단 말이다. 불로초 자체다. 너가 있다를 서로가 서로에게 온전히 보낼 수 있는 세상이 오면 생명은 죽을 방법이 없다. 정신력을 무한생성하니까. 지루해서 스스로 죽을 수는 있을 것이다. 그래서 지루환자는 성관계시 지루해서 스스로 처지지 않는가. 삼라만상 다 하나다.

'지금'의 진실은 '이렇게 살고 싶지 않음'이다. 즉 살기 싫다가 현재 세상을 지배한다. 이거를 정반합의 상쇄력으로 오락가락하게 만들어서 나는 있긴 있는가 하여 너가 있구나를 자동치환시키는 것. 읽다 보니 오락가락하지 않는가. 8진법이 원래 오락가락하게 해서 중도를 스스로 느껴, 혼돈 → 무한대로 바꾸는 방법이다.

마방진이라고 있다. 3 × 3으로 1~9까지 숫자를 배열해 행과 열을 '15'로 만드는 것. 마방진은 실로 위력이 대단하다. 세종대왕이 어릴 때 그토록 연구하고, 제갈공명이 늘 신경 쓴 게 마방진. 각종 위대한 장군 등 마방진을 모르면 전투를 이길 수가 없다. 악마를 방어하는 진법이 아니다. 왜냐면 15로 떨어지니까. 15 = 1 → 5 나는 천사. (5가 엄지척이다. 네 손가락 오므리고 엄지의 자아만 잘난 척하는 것, 나만 있다라는 자아의 자만심. 천사 흉내.) 즉 악마 '퇴치'용 진법이라, 후결이 선결에 묶이기에 악마가 퇴치되려면 악마가 있어야 하니, 적군이 생성된다. 전쟁을 부른다. 그렇게 정해져 있다. 시간은 그렇다.

거북이 등에 그려진 외곽의 8괘와 가운데 '십자가'에 각각 찍힌 점의 개수가 마방진이다.

8괘가 세상이고, 십자가의 점은 5개다. 그래서 사람은 기본적으로 자만심의 천사행세를 하고 싶어 한다.

4 9 2

3 5 7

8 1 6

1(나)는 8세상 6악마에 끼어 있다. 그래서 하늘을 보고 5천사를 하여 탈출하고 싶다. 천사와 악마가 지켜주는 7사람은 안 보인다. 7사람 위에 있는 2당신을 발견할 방법이 없다. 봉쇄되어 있다. 그러니 5가 되어 9원을 바라보려 해도 5가 되면 7을 등진 채 3자유를 바란다. 그럼 자유를 얻어 4랑을 취하려 하고 사랑을 하니 9를 등진 채 3자식을 낳고 자식은 8세상과 5천사와 4사랑에 끼어서 혼돈을 먹고 8혼돈이 되어 1을 보고 1을 하려 하다 좌절하고 1을 포기하고 뒤돌아 6죄인이 되어 7을 바라볼 수가 없다.

그저 7(진실된 겸손과 존중)한다는 가정하에. 그러면 2당신이 보이고 둘이 합쳐 9가 되어 사랑과 당신의 비호하에 천사를 호령하는 신이 된다. 시작을 1로 하니 되는 것이 아무것도 없다.

그저 4(나 자체가 사랑)라는 가정하에. '뒤돌아' 9를 보면 그 뒤에 있는 2당신이 있다. 당신을 굳이 만나지 않고 9를 통해 바라보면 아래의 3의 자유가 그저 내 옆에서 빨려들어 온다. 자유를 취해 7하면 위에 2당신이 있으니 9원이 된다. 혹은, 아래의 3의 자유가 4를 보고 흉내 내어 4가 되면 합쳐서 8의 무한을 보고 1이 되어 8세계를 보며 6악마와 5의 천사의 비호를 받는 불멸자가 된다.

가운데 십자가가 함정이란 말이다. 이름부터 10짜가다 10은 짜가. 가짜다. 1 → 0으로 간다. 천사행세를 하는 순간 몽땅 다 망한다. 정가운데 들어가서 대장 하려니 다 망한다. 본인만 신나고 나머지 다 죽어 나가고 결국 그 대가는 본인이 치른다. 마음은 거짓이 없다.

이러니 사람들이 그토록 마방진에 세상이 담겨 있음을 안 것이다. 무언가 있는데 왜 이리 이것에 끌리지? 안 되겠다 4차 마방진 5차 6차~9차 27차 마방진, 이상하다 무언가 느껴지는데 뭘까. 수학자들조차 계속 빨려들어 간다.

예수가 다 알려주지 않았나.

구제 불능을 뒤집는 방법. 구제 불능을 등가 치환 해버리지 않는가.

구 → 십

제 → 자

불 → 가

능 → 윽

십자가를 없애라는 얘기. 5를 마음에서 지우라는 말. 그러면 3일 후 부활. 시체 부활하는 네크로멘서 흑마술이 아니라, '3'이라는 숫자. 3의 자유. 마음의 5를 지우면 3의 자유를 얻고 자아가 부활한다는 말. 진실한 사랑을 엿볼 수 있으니 3이 되어 4를 흉내 낼 방법이 그제야 생긴다.

교회에서 십자가를 떼라는 게 아니라, 그건 그들의 권리고, 자신들의 마음 속 천사를 놔주라는 말이다. 천사를 놔주어야 악마를 데리고 날아갈 것 아닌가. 천사를 꼭 붙들고 있으니 악마와 둘이서 함께 있지 않은가. 수호천사는 당신이다.

폼페이의 사랑고백 비석에 써 있는 글귀가 이렇다. '나는 545를 사랑한다.' 게마트리아 기법이라는 숫자 놀음처럼 보여도 모든 진실이 그대로 있다.

'나' = 4, 4를 위를 떼서 쓰면(평소 4를 글로 쓰는 방식. 써보면 안다.) 나가 사다. 사 자체가 나다. 나는 세계 그 자체다. 5는 천사. 두 천사에게 둘러싸인 나. 두 천사의 합은 10, 1 → 0으로 가는 수단은 정반합. 신을 모시는 봉황의 힘은 상쇄력. 정반합. 두 천사가 가운데 신을 모실 때 비로소 신의 권능 545의 합은 14 즉 나는 사탄 = 나는 사랑. 사탄조차 사랑하는 신. 모든 것을 그저 있는 그대로 인정하는 신. 삼라만상은 복잡하게 해석하는 것이 아니다. 보이는 그대로 보는 것.

(한자를 다수가 안 쓰면, 즉 '당신'들께서 안 쓰면 한글로 때려 박는 것. 지금 이 순간 이 진실.)

후결이 선결에 묶여 있어야, 행위가 발생하니까. 그래야 시간이 한쪽으로 일관되게 흐른다. 그것이 시간의 본질이다. 로또 당첨되게 해주세요, 간절히 기도하면 로또에 당첨 안 되게 한다. 당연하지 않은가. 간절히 기도한다 = 기도를 즐긴다가 성립되니까 즐김을 유지시키는 것이 세상의 이치다.

예를 들어, 부모가 종교시설에서 자식이 합격하게 해주세요. 시험 잘 보게 해주세요. 밤새도록 간절히 바라고 '너'를 위해서 그랬다며 자식 앞에서 서러워 울면, 자식의 자아는 이유 모를 눈물과 함께 분노가 휘몰아친다. 부모는 '너'를 위해서 사는구나. '나'는 아예 안중에도 없구나. 부모라는 타아가 나를 바라볼 때 '조건'적 사랑만 강력하게 원함을 자식의 자아가 다 눈치챈다. 사회가 이러쿵저러쿵 그딴 건 다 필요 없다. 사회따위 자아의 손바닥 아래다. 어디 사회가 이러쿵을 자아 앞에 들먹이는가. 그 분노의 화살은 큐피드가 넘겨받아 부모의 심장을 정조준한다. 그러니 남이 잘되게 해달라고 간절히 '너'

를 위해서 빌면 사랑의 열매를 낳을, 즉 악의 씨가 발생하고 아가씨가 빨리 붙고 아가씨는 악의 열매인 악의 = 아기를 낳는다. 빠른 독립으로 부모를 내팽개친다. 그래서 특정 부모는 '너'를 위해서를 남발하다가 아들이 결혼을 못하도록 자꾸 아가씨한테 핀잔을 준다. 왜? 느낌 아니까. 뭔가 잘못됐다는 것. 그러면 그 부모가 배신한다. 아들은 어차피 큐피드의 화살을 정조준해서 발사했다. 어찌 됐든 그 대가를 치르게 한다. 어떤 방향이든지 부모의 말년을 괴롭힌다.

(즐거움을 유지하는 것 = 괴로움을 제거하는 것)

'너가 있다를 찾으라며?'

'너를 위해서'는 너가 없다이다. 너가 없어야 너를 위할 거 아닌가. 그리고 너가 없고 + 나도 없다가 성립해서 저주와 증오의 공멸의 언어가 너를 위해서다. 굉장히 위험한 언어라는 것을 아무도 모른다. 그저 이런 말을 좀 피해 주세요 정도가 아니다. 대놓고 극악무도한 말이 바로 '너를 위해서', '건강을 위해서', '사회를 위해서', '국가를 위해서' 이런 말이다. '국가를 위해서' 외친 나라 다 어디 갔을까. 다 없어졌다. 왜? 국가가 없어야, 국가를 위할 거 아닌가. 국가를 위하니까 하는 짓은 하나같이 국가의 국민을 분열시키려고 온 힘을 다한다. 이것이 후결이 선결에 묶여 순환하는 세계의 진실이다. **시간의 본**

질. '나'를 위하지 않는 목표를 제거하는 것. 국가를 위하면 국가를 제거하고 자식을 위하면 자식을 제거(분리)한다. 아내를 위하면 바람 핀다. 정해져 있단 말이다. 소홀히 해야 한다는 게 아니고. 등가 치환. 등가. 같은 가치. 어떻게. 진실. 오직 솔직함. 거짓 없이 밝히는 것. 그것이 고해와 회개의 본질. 세상이 뻥인데? 그러니 같이 뻥을 치는 것. 세상의 뻥에 맞춘 명품 비스포크식 뻥을 치는 것.

대등 관계를 만드는 것이 전제. 이것이 등가 치환.

Ex〉뻥을 치는 건 바람폈다고 가정하면, 두 이성 모두가 마음의 상처가 없도록 보상도 하고 등가 치환을 완료시키는 철저한 뻥을 쳐야 당당해지지 않던가. 혹은 들켜도 용납할 만하게 목숨 걸고 비통과 시름 속에 그랬으니 함 봐달라며 양쪽에 절절매서 모두에게 용서받는 뻥. 속임수 거래. 자신감은 어디서 나오던가. 마음에 거리낌이 없을 때만 나온다. 그래서 죄의식이 있으면 마음과 생각은 결코 일치될 방법이 없단 말이다. 등가 치환을 완료 못 하면 끝까지 쫓아온다. 사회에서 성공하면 보복 들어온다. 마음의 상처. 기억은 마음의 상처를 잊지 않는다. 사랑의 속박의 답이 그곳에 있다고 믿기 때문이다. 생존 문제니까.

그러니 사랑이 없음을 서로가 알면 보복도 없어진다. 내가 그랬구나. 그래서 그랬구나. 그럴 수 있구나. 그래도 된다. 이러면 바람을 맘껏 피는 게 아니라, 바람필 마음도 사라져 간다. 당신 있음에. 바람을 왜 피던가, 허구한 날 이래라저래라하니까. 혹은 비굴해지니까. 왜. 죄의식이 있으니까. 내가 다른 이성을 보고 설레는 것만으로도 죄의식을 느끼니까. 그거 죄 아니라고. 원래 그렇다고. 누구나. 모두가. 다 사랑에 속았으니까. 이성을 돌같이 보는 사람 단 한 명도 없다. 다 거짓말. 부처가 처자식이 얼마나 많던가.

음심은 죄가 아니다. 없으면 죽었다. 이미 현실에 없다. **양심이 어딨던가. 음심과 붙어 있다.** 양심이 있으려면 음심이 있어야 한다. 음양의 이치를 무시하고 살아있는 생명은 없다. 존재 불가능. 사랑이 없음을 극한까지 인지해도 흥분을 덜 할 뿐 안 하지 않는다. 단지 그저 흥분했구나. 깜짝이야-무서워-고맙습니다. 하고 삭제시키는 것.

'양심에 맡겨 삶을 사세요!'

스스로 뭔 소리를 하는지 모르니 남에게 이래라저래라하지 않던가. 명령어는 몽땅 자기가 무슨 소리 하는지 모를 때 나온다.

양심에 맡겨 살려니, 음심이 뭔 잘못이 있는 줄 알고 숨는다. 자아가 죽어간다. 마음과 생각이 불일치된다. 4진법 생명이 2진법이 되어 기계가 된다. 없는 죄를 있다 하니 구제 불능이다. 도무지 십자가에 얼마나 못을 박아대고

싶은지 세상이 미쳐 돌아간다. 그놈의 양심에 맡기려니 이글이글 끓지 않던

가. **음심도 인정해줘야 양심을 차분히 식혀줄 텐데 음양의 이치는 사라지고**

희생양만 찾아 전쟁을 부른다. 갈등과 다툼, 분노가 올라온다. 너 때문이야,

너 때문이야, 나 때문이야, 나 때문이야. 미쳐 돌아가는 양심의 세계.

정해져 있다. 그렇게 증오의 수레바퀴가 업의 무게로 급속도로 회전한다.

사랑의 믿음 = 사탄의 믿음. 죄의 무게는 달을 분노로 붉게 물들게 한다. '당

신'의 즐거움을 빼앗으면 '나'의 즐거움도 없다. '나'의 즐거움이 '당신'의 즐거

움인데, '나' 때문에 괴로워하면 과연 '당신'만 죽겠는가.

이 게임은 '나'의 게임이다. 당신의 설계가 '나'를 괴롭히면 집단 로그아웃이

다. 가족은 집단으로 사라진다. 그러니 대가 끊기거나 부모(세상)를 배신해

중간을 끊거나 서로를 지옥으로 보내려 한다. '나'의 행위가 '당신'을 즐겁게

하면 집단이 즐겁다. '나'의 미래가 '당신'을 행복하게 하면, 나는 당신을 지금

이 순간 '미래'로 보낸다. 미래로 보낸다 = 늙어 죽인다는 말이다. 그러니 '미

래를 위해서' 하는 순간 늙어 죽어간다. 이렇게 정해져 있다. 이것을 깨닫지

못하면 우리는 없단 말이다. 그러니 이 책은 지금을 말한다. 죄의식을 지금

을 기준으로 삭제시키는 시도다.

이래라저래라. 너는 지금 없다. 너는 없다. 늙어라. 죽어가라. 그러니 명령어가 무슨 짓인지 알고 쓰란 말이다. 능멸의 언어. 신이 신에게 명령하기.

하나님 감사합니다 하면 하나님은 도와주지 않는다. (하느님인데? 하느가 누구냐. 그런 게 어딨나. 그딴 거 없다. 없음을 추종한 대가는 없음화 된다. 정해져있다.) 하나는 나니까 나에게 내가 감사하면 아무것도 안 된다. '너'에게 감사해야 일이 된다. 존재하는 생명에게 감사해야지, 백만 년을 허공을 쳐다보며 감사하면 새똥을 맞는다. 허공의 새가 줄 건 똥밖에 없으니까. 그래서 새똥 맞으면 액이 풀린다. 하늘이 원망스러우니까 그제야 주변에 새똥 맞았다고 하면 주변인이 괜찮냐며 깔깔 웃고 즐거움을 받으니 즐거움을 돌려줘야 해서 즐거움의 대가를 지불하니까.

세상이 끝없이 알려주는 것. 계속 신호를 준다. 눈앞에 있는 당신께 감사해야 일이 진행된다. 당신은 '감사함'을 '진실'로 전해 들으면 당황하니까('가식'은 다 눈치챈다). 뭐가 감사한데? 하면서 스스로 납득하려면 감사할 만한 대가를 지불한다. 그러니 그 대가를 치르리라. 감이 오지 않는가. 누구나 다 안다. 당신 있기에 내가 있단 말이다. 존재력은 당신에게만 있다. 선결이 후결에 묶여 순환되는 시간의 현실. 후결이 선결에 묶여 되돌아오는 시간의 현실.

시공은 지배될 수 없다. 시공을 타는 것. 있는 그대로 보는 것. 느낀 그대

로 아는 것. 참지 않고, 화나면 화나는 게 맞고, 부끄러우면 부끄러운 게 맞고, 죄의식을 느끼면 느낀 게 맞고, 모든 것이 맞음을 알면 운명을 본다.

'다 아는 내용인데?'

무엇을 아는가.

그 맞음을 아는 권리가 '나'에게 없단 말이다. 이것이 핵심이라는 것.

그 권리조차 '당신'에게 있기에, "나 화났어." "뭘 그런 걸 갖고 화내" 하면 자아의 생존 권능이 바로 깨진다. 그러니 자아의 죽음의 권능이 올라온다. 미워진다. 멀어지고 싶다. "나 화났어.", "화날 수 있지, 그럴 수 있어, 나라도 그러겠다." 이러면 '나'를 느낀다. 있어지려 한다. 같이 있고 싶다. 가까워지고 싶다. 붙어버리고 싶다. 합치되면 소멸된다. 혼돈이 온다. 그러니 사랑이 있다고 믿으면 이래도 저래도 망친다는 것.

마지막 함정. 사랑. 그래서 사랑이 없음을 알아야 한다는 것.

'너'의 관념(자아)이 '나'의 주관(타아)을 지지하는가. 지지하면 성립시키는 것. 어느 방향으로? '나'를 위한 방향. 나 있어지려는 방향. 이것이 8진법(없었지만, 있어진다. = 창조력)

공자가 하는 짓거리도 8진법(있었지만, 없어진다. = 삭제력)

공자는 장례를 치르는 집안(무녀)에서 태어났기에 어릴 때부터 '죽음'만을 본다. 그러다 보니 그는 "있었지만, 없어짐"을 두 눈으로 계속 본다.(고통의 어린 시절을 보냈다.) 입력되면 출력된다. 공자의 논리는 모든 것이 "있었지만 없어지게 하는 방법"으로 일관된다.(세상에 대한 복수) 따라서 공자는 '존재력'을 없애는 방법만 탐구한다. 그것을 제자들에게 지지받는다. 지지받으면 '나'를 위해서가 발동되고, 공자는 그 받은 힘을 '당신의' 존재력을 없애는 데 쓴다. 그러니 공자는 '지'밖에 모른다. 그렇게 정해져 있다. (나 = 지 = 지식 = 지혜, 너 = 여, 나 + 너 = 여지, 여유, 여전. 여전 = 한결같음 = 불멸)

　공자의 논리는 당신을 죽이는 것. 그러니 뭐를 한다? 제사를 지낸다. 왜? 지가 죽인 책임을 아니까. 스스로 아니까. 조상을 숭배한다. 그러면 지금이 사라진다. 동양 전체가 서양에게 지배권을 내준 것이 바로 공자의 유교. 그놈의 유교사상. 유불선의 통합은 말 그대로다. 유불 '유를 불태워서' 오직 '선'을 만드는 것. 있음을 없애는 것. 있음을 없애면 없음을 위해야 한다. 순환의 논리를 거꾸로 되돌리는 것이다. 머리로 알지 못한다. 전시안이라는 통찰력을 얻어야 하는데 그 능력은 당신에게서 온다. 선으로 만든 후 다시 선의를 없애는 것. 불선. 선의가 없으면 악의가 없다. 악의가 없으면(증오. 남녀의 사랑의 본질. 악의. 악의는 아기를 낳는다.) 아기가 없다. 아기가 없으면 새생명이 없다. 그러면 세상은 또 사라진다. 옳고 그름의 얘기가 아니다. 이런 순환의 사이클을 그저 느껴보는 것. 감정 줄이기. 아무도 죄가 없음을 보는 것.

공자사상은 패륜의 근원이다. 그래서 패륜을 가장 큰 죄로 올린다. 공자사상은 반드시 패륜을 불러오기에 패륜이 두려워 그것부터 봉쇄하려 하는 것. 봉쇄되는가. 결코 안 된다. 서양보다 동양이 부모 증오가 훨씬 더 크다. 공자는 부모에게 고통만 받았으니 부모에게 앙심을 갖게 하는 사상을 온 힘을 다해 전파했다. 등가 치환. 입력되면 출력된다. 서양은 척박한 세상이 두려워 세상을 바꾸려 했다. 등가 치환. 결국 바깥으로 내뿜는 증오가 크고 동양은 가족에게 뿜는 증오가 크다. 패륜의 공자. 동양은 가족 간 우열 만들기. 서양. 나와 세상의 우열 만들기.

그러면 서양은 무엇으로 망하는가. 신을 향한 '사랑', '자신'을 향한 사랑. 역시나 사랑으로 망한다. 그래서 문란으로 간다. 결속력이 없다. 자아도취에 빠진다. 문란. 문 = 달. 달의 어지러움.

궁예는 관심법을 쓴다. 실로 쓴 것이다. 숨은 왕이었던 궁예는 '나'라는 관념을 간직한 채 어린 날 오른쪽 눈을 잃는다. 오른쪽(옳은 쪽)을 잃는다. 오른쪽이 '타아'의 상징. 오른쪽은 세계에 지배 당한다. 세계를 옳다고 보는, 세계를 숭배하는 것이 옳은 쪽, 오른쪽이니까. 그래서 타아의 눈을 어릴 때 잃은 궁예는 '자아', 즉 무논리로 세계를 관통하는 관심(마음을 뚫어보는)법을, 지지자를 얻고 성립시킨다. 대신 타아가 없기에, 옳을 수도 그를 수도, 그러거나 말거나의 자아 타아의 협력을 알지 못한다. 자아로 꿰뚫어 보면 상대의 흑심이 그대로 보인다. 당연하다. 인간은 늘 흑심으로 가득하다. 특히나 권력에 대한 흑심은 모반의 열망을 끓어오르게 한다. 궁예는 늘 왼눈(웬? = 궁금 = 호기심)의 자아의 권능으로 구경하다가, 자애롭게 말한다. '그럴 수 있다. 너가 모반하려는 걸 알고 있다. 하지만 나는 관대하다.'

실제로 자아는 관대하다. 그저 그럴 수 있다를 '보여주고 싶어 했다.' 그러니 궁예는 내가 되려 하였다. 내가 되면 죄가 된다. 죄가 말하면 상대에게 죄의식을 심는다. 나의 모반 의식을 들켰구나. 어쩌지? 아니라고 해야겠다. "아닙니다." 궁예는 지지자가 '부정'의 어법을 쓰는 순간 자아의 권능이 약해진다. 자아는 관대하되 타아는 입력되면 출력된다. 궁예는 타아의 눈이 멀었다. 눈먼 타아에게 입력된 것은 '부정어 = 너가 없다' 궁예는 분노에 찬다. 눈먼 타아는 입출력에 저항값이 없다. 자비의 자아가 분노의 천사 5의 자아로 변신하고 모반의 흑심을 갖은 지지자를 처단한다. 그렇게 점점 지지자가 사라지면서 궁예의 권능은 사라지고 궁예는 죽음으로 간다. 그 대가를 치르는 것.

내가 되면 죄가 된다. 8진법을 탈출하는 수단. 내가 되는 것 . '나'가 있다. 되는 것. 그래서 세상 밖으로 '나가 있게' 된다. 말장난이 아니라는 것. 말은 그래서 타인에게 함부로 하면···. 현실화. 어긋나지 않는다.

관념의 현실화. 무논리로 시공을 지배하는 신격. 과학이 급속도로 발전하는 이유는 '세계인'들이 과학을 '지지'하니까. 그리고 그 '과학'은 '지지자'의 힘을 얻어 달을 터뜨릴 '근거'를 마련하고 있고, '종교'는 관념의 타깃팅을 '어둠'으로 집중하여 한점으로 일점사 시키려 하며, 그 일점사의 대상은 기승전 '달'이 되어버린다. 일반 대중은 혼돈(탐욕)으로 치달으니 혼돈이 미워지고 혼돈을 없애려하니 결국 '나'를 없애기 시작하고 '나'의 관념은 '달'로 등가 치환된다.

그러니 이도 저도 모조리 결과는 달을 없애려고 하는 것.

이것이 옳은 건지 그른 건지 필자도 모른다. 그냥 세계가 지금 이러고 있음을 그저 알리는 것.
아니까. 알면 알려야지 어쩌는가.

전 세계인이 '인력거'를 '자동차'라고 우기고 있다.

당신이 알게 됐다고 치자. 어? 저거 '인력거'잖아. 왜 '자동차'라고 하는 거지?

그리고 주변을 본다. 스스로도 속고 있으면 뭐 그렇게 살아도 되는 거지 뭐. 하며 그저 넘어갈 수 있다. 자신이 그걸 '만족'하면 된 거니까.

그런데 모두가 '불만족'하다. 그 이유가 자신들은 각자가 다 알고 있다는 걸 간파한다. 스스로는 자신이 타는 것이 '인력거'임을 알면서, **타인에게만** 나는 '자동차'를 타고 있다고 전 세계가 버럭버럭 우긴다.

그걸 당신이 알아버렸다.

그럼 뭐 한다고 그걸 그대로 두나. 그저 말할 뿐. 괴롭다는데. 즐거우면 놔 두기라도 하지.

그거. '인력거'이고, **이미, 다, 들켰다고**. 각자 개인에게.

그러니 재미가 없잖아. 재미가 없으면 '같이 못 간다고'

달을 터뜨리려는 이유가 '같이 가려고'인데,

'사랑'이 있다고 믿으면 '같이 못 간다고'

둘이 상충되잖아. 정반합으로 삭제되잖아.

'같이', '같이'가 둘이 충돌되어 '삭제'되고,

'감', '못 감', 중간은 오도 가도 못함이 되잖아. '정지' 되잖아.

세상이 '정지'되려 하잖아.

어쩔거냔 말이다.

그러니 말한다. 내가 배신자다.

우리 지금 하는 거. 그거 들켰다고.

세계인은 말한다.

"아직 희망이 있을 것이야."

희망의 본질 = 너가 하세요. 나는 몰라요.

그러면 구원자는 뭐 하는가. '나' 등장하겠다.

그런데 세상이 뭐 하는가. '나' '죽도록' / 너를 사랑한다.

'나' 등장하려니, '죽도록' 하고 있잖아. '나'를.

희망이 있다고 믿으니까.

희망이 있음 = '너'가 죽어라. '나'는 살겠다.

구원자 = '나'는 나온다.

세계 = '나' 죽도록 바란다.

남는 것은 뭐?

'너'

'나'는 살아 나오니(등장하니) 죽고, **'너'는 죽으라고 하고 있지만 숨어있으니 안 죽잖아.**

바로 4진법 논리. 2진법의 순환논증을 깨야 되니까.

4진법 (있음, 상관없음, 모름, 없음)

2진법 (있음, 없음)

'나'는 없음이 보장되어 있고, **'너'는 '유보'상태. 즉 상관없거나, 모르는 상태. 없지 않다고.**

현실은 2진법이라서, 유보 상태는 결국 '있음'으로 자동 치환된다는 것

그러니 오직 단 하나의 진실

'너가 있다.'

듣는 자가 어? '내가 있다고? 내가 신이라고? 내가 사랑이라고?'

그런 게 아니고, 내가 있다 하면 없음이 보장되어 죽음을 담보하고.

듣는 자 역시 '너가 있다. 너가 신이다. 너가 사랑이다.' 이렇게 하는 것.

그러면 죽음이 삭제되어 불멸을 담보하는 것.

'너'가 누군데?

지상에 있는 '지금' + '있는' 모든 생명체. 모든 사물, 모든 것.

지나가는 모든 사람, 스쳐 가는 모든 사람, 동물들, 물체들. 그들이 각자 다 '신'

자신은 신이 아니고, 당신이 신.

그러니 그들의 메시지가 전부 메시아. **나 이외에 모두가 싹 다 메시아라 는 것.**

그러면 '너'의 '확신'을 자동으로 갖게 되는 것. 그러면 배신의 룰로 예언을 뒤집어 버리는 것.

'와 진짜 치사하다, 달이 떨어지면 지가 맞췄다고 할 거고 안 떨어지면 지 책 덕이라 할 거 아냐.'

바로 그것. 이도 저도 오락가락한 것. 그러면 중도의 룰. 예언이 엉성하게 나오는 것. 달이 튼튼해지건 달이 반쪽이 되어도 그저 있던 아무렇게나 그저 있는 것.

오도 가도 못해서 정지된다며? 오락가락하면 중도라고?

방향성. 너를 위해서 하면 다 죽음. 나를 위해서 하면 다 사는 것.

그것이 옳은가? 모른다.

너를 위해서 하면 세상이 빨리 변함. 그러면 스펙타클하다.

나를 위해서 하면 세상이 안 변함. 그러면 지루하다.

그러니 이도 저도 당신이 옳다. 이 말이다.

이러니 오직 단 하나의 진실은 '너가 있다.' 어떤 방향 어떻게 돌려도 남아

있는 건 오직 '너'

이거 느끼는 것.

'나?'

아니….

'너가 맞다' 서로가 서로에게

(나를 위해서)

예언 봉쇄력. 이것이 8진법.

8진법(있음. 있었지만, 없어짐, 상관없음, 모름, 없었지만, 있어짐, 없음)

확신하면 있었지만 없어짐을 발동시키고, (예언 삭제)

불신하면 없었지만 있어짐을 발동시키고. (새로운 환경 창조)

치사하면 상관없음, 모름을 와리가리 시켜서. (중도의 실현)

없음을 완전 차단하는 봉쇄력.

현실창조력, 과거 삭제력.

이것이 신의 권능.

필자의 권능이 아닌, 당신. 즉 독자의 마법. 신격의 발동.

예언자들이 그토록 예언가 행세를 하는 이유. 보였으니까.

헌데 그 예언 나중으로 갈수록 실현이 안 되는 이유. 한두 개 맞추면 믿으

니까. 소수라도. 소수(당신)의 확신의 신격이 예언을 삭제시키는 불신으로 창

조되니까. 배신자 게임.

그럼 그렇게 쓰지 왜 이렇게 복잡히 써?

같은 방식은 안 먹히니까. 속임수 거래. 같은 것은 들켰으니 들킨 건 발동

이 안 된다는 것.

재미가 없으니까. 지루하잖아. 다들 그러고 있잖아.

'세상 언젠가 망하겠지, 몰라 다 필요 없어, 살기도 재미없는데 대충 살다

망하라지.'

세상 전체가 지금 말세라고 떠드는데 그런가보다 하고 있으니까. 1999년

에 망한댄다. 어? 어떡하지? 2009년에 망한댄다. 어? 어떡하지?

요즘은 뭐 하는가.

이제 망할 거야. 그래 그러라지. 그러던가 말던가.

세상 그러거나 말거나를 '없음'을 향하여 발동시키잖아. 이러면 실현된단 말이다.

세상 그러거나 말거나를 '있음'을 향하여 발동시키면, 있음으로 실현되는 것.

세상 그러거나 말거나. 이것이 '나'의 자신감일 때 '있음'화 되고,

세상 그러거나 말거나. 이것이 '나'의 비굴함일 때 '없음'화 되는 것.

관념의 현실화. 우리는 논리의 세상을 살지 않는다. 감정. 혼돈. 그 자체가 세계. 세계는 바로 당신 그 자체.

그리고.

누가 감히 당신을 비굴하게 하는가.

그렇다면 그딴 세계의 실체를 정반합으로 등가 치환 해버린다.

세 → 네 (+1)

계 → 게 (-1)

세계는 이제 '네'게 있다.

세계는 너에게 있다. 당신이 있다.

배신의 룰, 속임수 거래, 믿는 자가 배신자.

이걸 봉쇄시킬 유일한 것.

내가 배신자다.

너가 있다.

세계(3 + 1) 세 개에 1을 더하니 세계다. 나(1) 없이 세계는 없으니까.

3은 모든 숫자를 만든다. 위만 좀 구부리면 9가 된다.

새생명이 구원이다. 새생명 = 3

세상이 멸망하려 할 때. 오직 유일한 구원은 아이들이다.

아이들이 즐거우면, 내일도 엄마 아빠랑 같이 있고 싶으면,

내일까지 숙제해야 되는데 어쩌지가 없고,

그저 '무논리'로 세상이 좋아졌으면, 하는

아무 '근거 없는', '논리 없는' 바람을 아이들이 가지면 세상은 그저 좋아

진다.

그렇게 정해져 있단 말이다.

아이들한테 기대하지 않고 그저 재밌게 세상 즐기게 하는 것.

우리가 어릴 때 그토록 바라왔던 그것. 우리가 누리지 못했으니 빼앗으려는 그 은폐된 진실을 감추려고 '너를 위해서'를 남발하는 부모들. 그 검은 속내를 누가 모를까. 사랑 타령하며 혼란스러운 것은 몽땅 사랑에다 다 가져다 몰아넣어서 아이들을 미쳐가게 하는 것들.

다 알고 있다. 아이들이 독립해서 스스로 살려면 어쩌고저쩌고. 그럴 거면 왜 낳았는가. 지들 심심해서. 누구 눈치 보여서. 남들이 낳으니까. 나도 있어 보이려고. 실체는 그토록 검게 물들어 있으면서 아이들의 웃음을 뺏으려 모든 노력을 쏟아붓는 자들. 낳았으면 독립시키려 하는 게 아니라. 아이들이 더 즐거운 걸 찾아 스스로 떠나기 전까지 오직 즐거움과 공경을 심어주면 알아서 다 되는 것.

(아이는 나 + 너를 말한다. 아이도 맞다. 새생명은 자아 + 타아를 협력한 마음과 생각을 일치한 두 사람을 말한다. 아기도 맞다. 악의도 맞단 말이다. 모두가 자격이 있다는 말)

아이가 어른을 공경하는 법을 어떻게 가르치는가.

배려는 배려를 통해 배운다. 공자님들은 못 알아듣는다.

부모가 아이한테 절을 해야 아이가 부모한테 절을 할 것 아닌가.

어른이 아이한테 먼저 고개 숙여 인사해야 아이가 어른한테 고개 숙여 인사할 것 아닌가.

아이를 무릎 꿇게 하고 굴복 시켜 숙이게 하면 아이가 무엇을 배우는가.

남을 굴복시키는 것을 배운다.

부모가 자기 자식만 위하고 남에게 하대하면 무얼 배우는가.

자기 부모만 위하고 남을 굴복시키는 것을 배운다.

아이한테 잔소리를 하면 아이는 잔소리를 배운다. 큰소리치면 큰소리치는 걸 배운다.

다투고 화해하지 않으면 다투고 헤어짐을 배운다.

입력되면 출력된다.

예절을 '가르치면' 남을 '가르치는' 것을 배운다. 가르치는 교육이 아니라 그저 가르치려 드는 그 행동만 배운다.

예절을 가르치면 예절을 배우지 못한단 말이다.

이걸 알면서도 속아버린 이유. 바보가 된 이유. '사랑'이 있다고 믿으니까.

사랑 = 없음

(세계는 이미 아이에게 절을 하고 있다. 부모가 세계로부터 아이를 지켜주려 하지 않

는가.)

부모 = 세계

부모는 아이를 소유물로 보고, 생명의 자아를 부수려 하며(정신공격) 신을 공격.

세계는 아이를 지켜주고 있다. 타아의 생존을 유지시키려 한다.(육체보호) 666악마 보호.

이상하지 않은가. 머리로 이해하는 것이 아니다. 이 혼돈을 심은 자가 누구인가. 우리 모두. 가장 안쪽은 나를 공격하고 바깥쪽은 나를 지켜주며, 성인이 되니 아이한테 예의와 명령, 교육을 강요하고 세계를 두려워한다. 과연 우리 중 누가 정상인인가. 혼돈의 극한. 그러니 머리가 어지러워서 돈이 '많아야'만 하고 화를 '참아야'만 하고, 혹은 돈을 '탕진해야' 하고, 화를 '풀어야'만 한다. 한쪽으로만 달려간다. 일방통행에 누구 하나 들어오면 온갖 분노가 용솟음친다. 그리고 자꾸 일방통행에 거꾸로 들어간다. 이상하지 않은가. 이 세상 지옥이지 않던가. 악마가 어디 있던가. 누가 가장 사랑스럽던가. 부모, 미남, 미녀, 아기, 그러니 마녀사냥하지 않던가. 악마는 없다. 함정으로 빠지면 반드시 파멸로 간다. 부모살해, 애인살해, 아기 살해. 친우 살해. 함정에 빨려 들어간 자들. 이 게임 얼마나 난도가 높은지 그저 본다. 여기는 지옥이 아니다. 지옥인 '척' 위장한 '신'의 게임. 신이 구원하는 게임. 신은 악마로 위장한 당신임을 눈치채는 게임. 억지로 알지 못하게 만든, 있는 그대로 세계를 보고 나서야 감을 좀 잡아가는 악마의 튜토리얼.

(**여기서부터 10챕터까지는 원망의 글이 된다.** 죄의식을 받아들여서 그 죄를 등가 치환 시키라는 것. 뭔 소린가 할 것이다. 그저 본다. 어느 순간 그저 알아간다. 그래서 **분노의 형식으로 쓴다.** 전달력을 올리라는 독자의 이야기를 받아들인다. 그러니 불쾌하면 안 보면 된다.)

그렇게 커서 세상 나가니 권력을 못 가진 게 그토록 창피하고 힘들다. 무엇이든 도전하려면 아래서부터 시작해야 하는데 학습이 힘들고 윗사람이라고 있는 것들은 하나같이 제정신이 아니라 배울 것이 하나도 없고 배울수록 광인이 되어간다. 어떻게든 참아내고 정년이 되어 은퇴하니 그토록 초라하고 자식들은 배운 대로 부모를 이래라저래라한다.

부모는 자식이 괜히 밉다. 밉지. 들켰으니까. 스스로 한 행동이 스스로에게 들켰으니까 그 책임을 전가해야 할 것 아닌가. 그것이 효도다. 효자가 참으로 효수를 한다. 자식이 커서 부모의 머리를 벤단 말이다. 그러니 부처가 금강불괴에 도전한 것이다. 자식이 자신의 뒷목을 느닷없이 사슬 낫으로 베어버릴 게 뻔하니까.

'라훌라야토(Rahulajato) 반다낭 야땅' 부처의 자식 이름이 '속박'이란 뜻이다. 부처는 알아버렸다. '나는 망했다. 나는 나의 여인들과 자식의 한으로 인하여 결국 목이 베일 것이다.' 그러니 도전한다. 금강불괴.

하도 스스로를 익숙히 하니 부인과 자식이 참내, 참내 하며 참나 한다. 그래서 참아야만 한다. 참나야만 한다. 그 정도 했으니 참아(나)주겠다 한 것이다.

이토록 쉬운 것도 모른다.

그러니 공자가 극한의 저능아라는 것. 공자의 대갈빡이 썩었다는 말이다. 그래서 장자와 노자가 저놈은 권력에 빌붙어먹으려고 남을 착취하는 방법만을 알려준다고 분통이 터진 것이다.

공자의 사람 보는 지혜라고 떠도는 걸 보자. 공자의 대가리가 어떤 똥대가리인지 그저 본다.

그러므로 군자는 사람을 쓸 때,

1. 먼 곳에 심부름을 시켜 그 충성을 보고,

2. 가까이 두고 써서 그 공경을 보며,

3. 번거로운 일을 시켜 그 재능을 보고,

4. 뜻밖의 질문을 던져 그 지혜를 보며,

5. 급한 약속을 하여 그 신용을 보고,

6. 재물을 맡겨 그 어짊을 보며,

7. 위급한 일을 알리어 그 절개를 보고,

8. 술에 취하게 하여 그 절도를 보며,

9. 남녀를 섞여 있게 하여 그 이성에 대한 자세를 본다.

공자 나와라. 너를 일부러 먼 곳에 굳이 쓸데없는 심부름을 시키고 상황과 아무 관계없는 멍청한 질문을 느닷없이 날리고 번거롭게 하면서 약속을 계획도 없이 던지고 위급한 일을 공자가 긴장 조금만 풀리려 하면 알려주어 한시도 제정신으로 있지 못하게 하겠다. 먹기 싫어도 술을 억지로 퍼먹인 후 남녀를 섞여 있게 하여 자세를 보겠다. 어디 한번 흐트러져 봐라. 대갈빡을 날려주마. '군자'를 자청했으니 그 대가를 치르리라. 그리고 그런 짓을 시키는 미친 자가 갑자기 재물을 맡기고 그 공경을 한번 보게 하겠다. 공자 너는 내 눈에 띄지 마라. 난 공자에게 시킬 일이 정해져 있다. 평생을 시켜 먹기 위해

나는 늘 다짐한다. 내 증오를 완전히 없애지 못하기에 나는 공자를 타깃으로 정했다. '나'의 타깃이다. '당신'도 나름의 타깃팅을 정하면 된다. 이미 죽은 자 중 하나 골라서 조지면 된다. 지금 없는 것은 내 안에 있으니. 내 안에 그놈만 조진다.

그러니까 들켰다고. 들켰는데 계속하니 사기꾼이고 사기꾼이 부모와 세상 전체인데 얼마나 속이 터지고 심장이 점점 왼쪽으로 치우치지 않는가. 답답한 세상에 말이 통하는 사람이 하나도 없고 세상 뭔가 가르친다며 학자라는 놈들이 나와 남의 말만 인용하며 누가 유명한데 그거 어떤 근거와 실험을 갖고 이러하였는데 이것이 맞다며 외친다. 근거와 실험으로 생명을 평가하는 것. 이미 혼돈을 먹었는데 혼돈을 먹은 놈들은 이렇구나 하는 것이다. 혼돈을 없애줄 생각은 아무도 안 한다. 지도 먹었으니 남도 먹어라. 먹은 거 뱉는 방법을 모르니 그 방법은 모르겠다며. 근거가 없으니까. 지가 그런 건 스스로 합리화시켜버리니 근거가 생길 리가 있나.

그리고 지금 세상은 모두가 공자 행세를 한다. 남을 착취하는 방법. 더 그럴듯하게 갈취하는 방법. 심리학이라며 남을 고립시키려 하고 철학이라며 혼자 제자리를 거꾸로 돌게 하고 과학이라며 세상 같이 부숴버리자고 하고 종교라며 '사랑'에 '혼돈'을 더해준다.

아이들이 점점 웃음을 잃어가도록 전 세계가 협력한다. 아이들아 웃지 마라 아이들아 우리도 못 웃었단 말야. 그러니 너희들 웃지 말란 말야. 억울해 죽겠으니까. 그러니 얼른 산수부터 풀어라. 숙제해라. 학원 가야지. 우리는 너랑 놀 시간도 없고 놀아줄 방법도 없어. 돈도 없어. 그러니까 너라도 공부해라.

다 너 위해서 하는 말이야. 너 생각해서 그래. 너 잘되라고….

"근데 왜 낳았어요."

노동력이 중요하대서리… 국민연금이 고갈… 일자리 비율이… 군대에 인력이… 국가가 부강하려면… 할머니가 손주 보고 싶대서… 내가 심심해서… 나도 남들처럼… 시아버지가 애 낳으면 돈 준대서… 국가가 애 낳으면 돈 준대서… 인스타그램에 사진도 좀 올려서 나를 알리고 싶고… 내가 답답한 이 속박의 사슬 좀 잠깐 너에게 대신 얹고 싶기도 하고… 나 늙어 죽을 때 외롭기도 할 거 같고….

"그거 다 본인을 위해서잖아요. 왜 거짓말해요."

"사랑해서 그랬지."

'사랑이 거짓이구나. 이제부터 나는 흉내 내기를 시작한다. 숨은 채, 의심, 거짓, 흉내를 동원한다. 나의 자아는 이제부터 숨는다. 내 자아는 사람들이 싫어할 것이다. 전 세계가 버럭버럭 우기는 되도 않는 사랑이 나에게는 없으 니까. 사랑이 없는데 있는 척하려니 사는 게 너무 힘들다. 힘들다 보니 증오 가 피어오르는구나. 이 분노가 과연 무엇인가. 아하 이 분노의 반대가 사랑 인가 보다. 나를 분노하게 하는 반대편이 사랑을 가진 자인가 보다. 저 여자, 저 남자가 나를 분노하게 하려 한다. 왠지 신경 쓰인다. 아마 저것이 사랑인 가보다. 저것을 잡아서 가두자. 혹은 죽도록 일을 시키자. 나에게 없는 사랑 을 씌운 **대가를 치르게 하리라.'**

사랑이란 무엇인가.

사랑 = 사탄 = 악마

사랑 = 신 = 당신.

몽땅 동의어임을 알면, 당신이 '새생명'으로 바뀐다. 그저 바뀐다고.

권능. 새생명의 권능. 자유의 상징. 3. 모든 숫자를 창조하여 9 따위는 쉽 게 만들어버린다. 구원을 만드는 것. 없는 것을 있게 하고 있는 것을 없게 하는 신의 이상향.

아이들이 당연히 웃음을 잃어가지.

미치광이가 집안에 돌아다니는데 어찌 웃을 수 있단 말인가. 그래서 윗입술이 그토록 들린다. 억지로 웃으려니 분노가 나오려 하고 송곳니를 드러내는 와중에 흉내 내며 웃으려니 윗입술이 올라가지 않겠는가.

낳았으면 그저 부모가 스스로—'나'를 위해서—낳았다고 고백하면 아이들은 알아서, 그렇구나 그럴 수 있지. 세상 보니까 그럴 만하구나. 하고 그저 납득한다. 뭐 남들도 다 낳고 오손도손 살고 싶어 하는 거 대강 눈치챈다. 그러니 우리 부모도 그러고 싶었구나 하고 그저 알게 된다. 어린 애가 어른보다 3배는 똑똑하다. 그저 안다고. 아는 것을 속이는 게 하필 부모일 때 이 세상 전체가 다 증오 덩어리로 변한단 말이다. 나중에라도 알았으면 됐지 뭐. 이게 아니라고. 뭔 놈의 지아비가 싫은데 억지로 해서 어쩔 수 없었다는 변명 등을 왜 아이한테 하냔 말이다. 억지로 결혼해서 억지로 애 낳았다고 왜 아이한테 지껄이냔 말이다. 너 때문에 어쩌고저쩌고 어찌 함부로 그 입이라 불리는 배설기관으로 내뱉는단 말이냐. 그거 어떻게 등가 치환 할 텐가. 똑같은 말을 자식에게 들어서 인내해야 하는데 자식이 부모를 배 아파서 낳았다고 논리적으로 할 방법도 없다. 그러니 그 죄의식을 어떻게 갚으려고 하는가. 인간이 무슨 융통성의 엄청난 무엇인 줄 아는가. 풀지 못한 대가는 반드시 치러진다. 마음은 거짓이 없다. 풀지 못한 원한은 죽음 뒤까지 쫓아간다.

소실점은 무한대다. 무지의 공포는 그 끝이 정해진 바가 없다.

'나' 이외에 아무도 숭배하지 마라.

주님 "나 이외에 아무도 숭배치 마라"

신도 "예 주님. 주님 이외에 아무도 숭배치 않겠습니다."

주님 "저기… 그…. '나' 말야. '나' , 저기 괜찮으세요? 머리에 문제가 있으세요?"

신도 "예 주님. '주님' 말입죠. 예예. '주님' 예예예"

주님 "그러면 좋다. 내 이름(호칭)을 부르지 마라."

신도 "예 주님. 주님께서 야훼시니 야훼라 안 하고 '주님'이라 부릅죠 예예"

주님 "…어…그…그래. 알았다. 잘 들어봐. '우상'을 숭배치 마라."

신도 "그럼요 .그러믄입죠. 예예. 어디 감히 다른 것을 숭배할깝쇼. 저희는 주님만 숭배합니다."

주님 "…"

주님 (어쭈 이놈 봐라. 이거 나를 또 죽이려 하는구나. 머저리 행세를 한다 이거지. 좋다. 내가 너희를 지켜보겠다. 두 눈을 부릅뜨고 한번 보겠다.)

주님 "그렇다면 가장 약한 자에게 하는 모습이 나의 모습이다."

신도 "예 주님은 항상 약자에게 삶을 안겨주시는 따뜻한 분이시니까요. 그 모습을 존경합니다."

주님 "알겠다. 도무지 말이 통하지 않지만, 그저 알겠다. 네가 맞다. 당신이 옳다. 그렇게 생각할 수 있다."

신도 "예 주님. 역시 주님 말씀을 제가 잘 알아들었네요."

주님 **"그러니. 약속한다. 그 대가를 치르리라."**

소실점은 무한대다.

6.
입력되면 출력된다

입력되면 출력된다고.

입력된 건 출력을 못하면 그 분노가 소용돌이가 되어 내부를 망가뜨린단 말이다. 원망을 못하면, 화를 풀어내지 못하면 아무리 정답을 알아도. 아무리 누가 알려줘도. 그 분노 받아 가지 못하면 억울해서 아무것도 안 된다는 것.

그래서 부모들이 그토록 '너를 위해서'를 남발했던 것.

당했으니까. 조부모한테.

당한 거 풀어야 되니까. 그래서 아이는 업받이가 된다. 참으로 '자연스럽다.'

이토록 자연의 이치를 잘 실천하니 그 누가 뭐랄 소냐. 업이 계속 쌓이는구나.

거꾸로 푸는 것. 거꾸로 선 채 늠름해지는 거꾸로 선 자. 부모. 그 짓거리 또 하는 자. 사기꾼.

자멸의 자아.

그렇게 풀고 나면 이중으로 사랑의 속박이 채워지고 그 분노는 내부를 점점 더 망가뜨림을 모른 채 그저 거꾸로 풀어버리는 것. 실이 묶였는데 묶인 채로 다시 꼬아버리는 것. 스스로를 망가뜨리는 그놈의 사랑. 아무거나 변명할 거 없을 때 우격다짐으로 우기는 사랑. 사랑해서 그랬다.

혹은 조건이 있어서 그랬다. 예뻐서, 잘생겨서, 귀여워서, 말을 잘해서, 조건 있는 사랑. 키야~ 얼마나 멋진가. 조건이 있어야 사랑하니, 신이 우릴 구해주실 거라서 사랑하는 그 조건. 불공드리면 죄를 가져갈 거라고 여기는 그 조건. 조건이 참으로 교활하기 짝이 없다. 사랑이라면서.

그러니까 그거. 사랑이 아니라고.

그렇게 죽으면 누구와 함께할까. 그 원수와 또 만난다. 가장 싫은 자와 함께인 것. 싫은 자와 같이 고통받는 것. 과연 지금 여기가 어디일까. 저승일까. 세상일까. 궁금하지 않은가.

여기가 지상일까 지옥일까. 궁금하지 않은가.

여긴 어디? 나는 누구?

모두가 왜 그토록 이 질문이 흥미로웠는지 스스로도 알고 있다.

그 근원의 죄의식을 씻지 못하면 어디로 갈까.

그러니 아무도 죄가 없다. 죗값을 치르니.

등가 치환. 마음은 거짓이 없다.

그러니 당신이 옳다.

6(죄인)이 5(천사)를 흉내 내고 그 5는 늙어서 6이 되는 것. 7을 한 번도 겪어보지 못한 것.

666에 둘러싸여 내 편이 아무도 없음을 알고 모두 고개 숙인 채 팀원을 잡아먹으려고 광기에 차는 것.

다 들켰다고. 망했다고. 이제.

아이들이 즐겁도록. 웃도록.

아이들의 입버릇이 지금처럼 '사는 게 너무 힘들다'가 아니라.

"내일도 오늘처럼" 같아야 내일이 올 거 아닌가.

"우리 세대가 얼마나 힘들게 살았는데 너희는 좋은 줄 알아라."

(우리도 힘들게 살아서 이제 좋아지려는데 너희도 지금 힘든 거 알지만 억지로 좋은

척해라)

거봐. 고백했잖아.

힘들어서 세상 부숴버리려 했다는 거. 그 염원. 그 염원이 하늘에 닿아

하늘에서 불덩어리가 떨어질 그 날이 올 것을.

구원이 올 것을. 염원을 담아.

구형의 원형체가 하늘에서 날아올 것을. 염원. 화염이 원형에 휩싸인 채.

온 세상에 퍼부을 것을 모르는 자가 한 명이라도 있는가.

7.

성격

어떤 학자가 나와 자신 스스로가 성격이 둥글둥글하단다. 원래 그렇단다.

그리고 예민한 사람이 따로 있단다. 그 둘은 서로 자기 역할이 있단다. 둥글

둥글하면 외성적이고 예민하면 내성적이란다. 외성적이면 세상을 확장하고

내성적이면 진실을 찾는단다. 세상을 확장하고 진실을 찾기는 뭘 찾는가. 세

상은 그저 있는 그대로 있고, 진실은 대놓고 드러나 있는데 뭘 찾는가.

외성적, 내성적이 무엇인가.

외성적 = 도망자.

내성적 = 숨은 자.

뭔 놈의 역할이 있는가. 그저 어떻게 스스로를 감출까 하는 게 전부다. 그

래서 외성적이면 하루종일 멍 때리고, 내성적이면 하루종일 불안하다.

외성적이면 멍청이 흉내를 내느라 정신이 없으니까 성격이 둥글둥글해진

다. 말을 알아듣질 못하니 늘상 어디서 주워들은 얘기, 똑같은 얘기만 계속한다. 그리고 자기 성격 둥글둥글을 유지하기 위해 온갖 사람의 특성을 분류하고 편을 가르려 한다. 나쁜 사람이 따로 있다고 어떻게든 만들어낸다. 왜? 그래야 자기가 혹여 화를 내면 '너 때문이다.'를 시전할 '보험'을 만드는 것이다. 이게 뭔 놈의 심리학인가. 자기 변명학이잖아.

내성적이면 숨느라 정신이 없어서 눈을 마주치지 못한다. 눈을 자꾸 아래로 내린다. 생각하는 '척'하느라 정신이 없다. 생각하는 '척'하려니 쉬운 말을 복잡하게 돌린다. 쉬운 말을 어떻게 복잡하게 할까만 집중하다 보니 어려운 책의 단어들을 잔뜩 익힌다. 그러면서 세상에 나쁜 사람은 타고난 게 아니라 '환경'과 '가정', '사회'가 만든 괴물일 뿐이라며 남을 따뜻이 대하게 하려고 온 노력을 다한다. 왜? 착해서? 단지 자기 안의 '괴물'이 난동칠 거 같은데 그때를 대비한 '보험'을 만드는 것이다. 이게 뭔 놈의 심리학인가. 자기 변명학이잖아.

이러니 내성적인 사람과 외성적인 사람이 만나면 한쪽은 어려운 말을 골라 하고 한쪽은 어차피 못 알아들으니 듣지도 않고 그저 방실대는 척을 한다. 그리고 맛있게 밥만 먹고 헤어진 후 서로 속이 터진다.

'실컷 놀아본 사람이 가정적이더라.'

실컷 도망쳐 봤는데 도망갈 곳이 아무 데도 없음을 알았으니 숨어 지내는 거지 뭔 가정적인가. 집 밖에도 미치광이뿐인데 그냥 집 안에 미치광이랑 모른 척 사는 거지.

'늦바람이 무섭더라.'

실컷 숨어봤는데 도무지 답이 없으니 이젠 도망쳐도 봐야 하니 사랑이 어딘가 있는 줄 알고 사방 = 4방향 = 동서남북 = 4차원 = 4랑을 찾아 헤매는 거 아닌가. 늦바람 난 사람이 무섭긴 뭐가 무섭나. 집 안에 미치광이가 무서우니 도망쳐야지.

필자가 둘 다 흉내를 내봐서 안다. 그러니 내 욕을 내가 하고 내 얘기 하는 거다. 필자는 남 얘기를 해도 '나'의 관점으로 말하지 근거는 알 바 없다. '나'에게 근거가 어딨는가.

'당신'에게 근거가 어딨는가.

나의 근거는 오직 당신.

당신의 근거는 오직 나.

세상 둘밖에 없다는 걸 눈치채지 못하면 어디서 제3자의 근거를 끝없이 들고 와야 하고 그 근거는 근거의 근거 속에 순환논증이다.

그래서 제3자. 3. 새생명.

그러니 아이를 낳고 싶었던 거다. 세상에 둘밖에 없다는 걸 모르니까. 자꾸자꾸 제3자가 필요해지고 제3자는 계속해서 제3자를 가져왔으면 하는 '너는 나에게서 나왔으니 나의 소유물이다' 하며 생명을 사물 취급하는 정신머리가 생명을 사물화시킨다. 스스로까지.

언어든 글이든 뭐든 표현하면 모든 게 순환논증이다. 순환논증이 아닌 표현은 존재할 방법이 없으니까. 봉쇄되어 있다. 우리의 육체 자체가 표현체다. 표현된 것. 구현된 것. 애초부터 우리는 순환의 사이클을 타고 나왔다. 그러니 사이클을 늘 타고 싶다. 자전거가 어찌 생겼는가. 8. 혼돈의 세상을 타고 싶은 것. 잘못된 게 아니다. 그래야 속이라도 좀 풀 거 아닌가.

그러니 여기가 어디인가. 여긴 어디? 감옥인가 지상인가. 당연히 지상감옥 아니던가.

지상감옥이 뭔가. 지옥. 지옥이 별건가. 사는 게 지옥이지 뭐 달라질 거 원래 없다.

감옥 속에 내가 있다.

당신이 있다.

그런데 그 감옥이 터지려고 한다. 80억 인구.

80+8 = 80 + 00000000 0이 8개. 808. 여명 808 숙취해소. 그러니 부를 많이 쌓은 자들중에 지지자 많은자나 집단은 무언가를 느끼고 자꾸 인구를 감소시키고 싶은 거다. 지지자가 많은 자는 거꾸로 선 채라도 자아가 나오기에 4진법의 자아의 눈으로 보면 보일 듯 말 듯 하니까.

숙취되면 해소해야지.

술(사랑)에 취한 사람 죽이려 하면 그게 뭔 해소인가. 살인멸구지. 술(사랑)을 마음껏 드세요. 대신 취하면 죽일랑게요. 어서 억지로라도 드세요 하며 퍼먹이며 취하면 죽이겠다고 한다. 이도 저도 방법이 없으니 안 취한 척하다가 술독에 올라 죽고(자살), 취해서 살해(타살)당하는 세상이다.

실제로 그렇단 말이다. 다른 경우로 죽은 사람 단 한 명이라도 있든가. 늙어 죽은 사람 실로 있는가.

없다. 아무도 늙어 죽지 않는다. 혼돈에 취해서 어질어질하다가 스스로의 심장이 왼쪽으로 꺾여 들어가 숨이 멎는다. 혹은 뇌(내)가 사라져 가며 혼돈(타아)에 먹혀 뇌(내)혈관이 막혀 쓰러진다.

숫자에 지배당한 2진법 기계인간(타아에 취한)은 살해당할 게 정해져 있다.

숫자에 지배당한 '척'하면 그저 본다.

그리고 인구는 결코 80억이 될 수 없다.

기준이 당신이니까. 당신이 실제로 대화가 가능한 사람. 서로 동시에 공감할 수 있는 인구가 실제 인구다. 인구는 단 한 번도. 두 (2)사람을 넘어 본 적이 없다. 이 세상은 오직 두 사람밖에 없다. 혼돈의 분열체가 인구수다.

8 = 0 = 8. 8이 혼돈의 8 속으로 빨려 들어가 가운데서 합치어 생사의 순환을 돌던가, 8이 무한대의 뫼비우스가 되어 합치되지 않고 그저 있든가. 둘다 아무도 틀린 선택이 없다. 스스로 선택하는 것. 잘못이 없다.

각자의 사람 속에 4 사람이 혼재되어 있고 그 네 사람이 하나 되어 상대편네 사람과 하나 되면 8사람이다. 그래서 또 8이다. 하나가 되고 싶은데 못 되니 180이다. 이런 18거리는 것. 시(보다) 8(혼돈)

18(내가 혼돈) 시팔(본다 혼돈) 시발(본다 뒤집힌 세상)

팔(8)은 두 개인데 왜 손가락은 10개지? 손가락이 언제 10개인가.

네 손가락. 한 손당 네 손가락. 공통점이 있어야 묶는다.

마디가 세 가지인 것이 손가락.

'육'체의 끝자락.

두 가지인 것은 '신'체 기관.

육체는 결코 신체의 생명'력'(힘)을 이길 수 없다.

두뇌. 좌뇌 우뇌

심장. 좌심방 우심실. (우심방 좌심실) 심장은 '두'근 두근. 심장은 4진법이되,
한 번에 2진법.

(마음이 4진법이고, 심장과 두뇌가 일치될 때 마음의 4진법이 두뇌를 각성하여 좌뇌
와 우뇌를 일치시켜 8진법을 돌린다. 이때부터 신의 영역이다.)

두 개씩 있는 것 = '신'체 기관.

한 개인 것은 배설 기관.

입으로 내뱉는 건 배설.

입안으로 감춰진 건 식도와 '기도'.

자아는 기도로 말을 한다. 심장에서 울려 나오는 소리.

노래할 때 나온다. 심장 소리. 노래할 때 자아가 숨었다가 잠깐 나와 소리
지르고 다시 숨는다.

타아는 입으로 말을 한다. 목에서 뾰족히 나오는 소리.

'기도하세요'(자아로 말하세요.)

기도로 말하라는 말이다. 진실. 침묵하라는 게 아니다. 침묵은 금이고 금
은 사물이다.

좌뇌와 우뇌(두뇌), 좌심, 우심(심장)의 4가지가 협력해서 양심+음심에 거리낌이 없는 말을 하라는 것.

싸가지 있게 말하라는 것. 너가 있다. 내가 있으니. / 내가 있다. 너가 있으니.

사랑이(아기 = 자아의 기도)가 울면 모두가 집중한다.

호랑이가 울면 숲이 고요하다. 심장을 울리는 소리에 그 누구도 입(타아)도 뻥긋 못한다.

용이 울면 천지를 진동시킨다. 용의 심장이 세상을 입도 뻥긋 못하게 한다.

010 용. 전화번호 010 용. 0 = 1 = 0 가운데 1이 삭제된다. 전화기가 울리면 온신경이 곤두선다.

일이 없어진다. 전화만 하면 일을 못한다. 전화로 아무 일도 못한다. 전화로 이루어지는 일이 있던가. 아무 일도 안 되잖아. 해결이 안 되고 붕붕 뜨잖아. 일이 허공을 맴돌잖아. 정해져 있단 말이다.

전화로 할 수 있는 것은 나의 일을 없애는 것. '음식 주문' 같은 것. 내가 할 '일'을 없애는 것.

일이 없어지는 것. 신격이 없어지는 것. 나쁘다는 게 아니고. 이런 세상의 규칙들. 그대로 보이는 것들.

용이 나쁘다는 게 아니다. 용의 심장을 지켜내는 것. 용을 핍박하지 않는 것. 사탄의 세상조차도 수용하는 것. 여자의 자아가 용이다. 태양이다. 이글이글 들끓는 태양의 용. 여자의 심장이 용의 심장이다. 용의 심장이 뭐라 외치던가. 태양이 어떻던가. 나는 같은 모양으로 떠오른다. 나는 여기 있다. 그대로 있다.

"자기야, 힘들면 힘들다고 해. 나 있잖아. 날 봐. 내일 비가 오면 좀 어때. 내일 같은 날이 계속되더라도 우리 그저 살 수 있어. 그러니 힘들면 언제든지 얘기해."

용의 심장을 지킨 여자가 진노의 브레스를 내뿜을 때 뭐라 하는가.

"죽여라. 나를 죽여라."

남자가 듣고 당황한다. 쩔쩔맨다. 왜? '나'를 죽이겠다 하니까.

용의 심장을 버리고 뱀이 된 여자가 뭐라 하는가. 어떻게 소리 내던가.

"스읍"

그 여자가 잘못했는가. 모든 여자가 뱀과 용을 오락가락한다. 스읍 하다가도 나를 죽여라 하면서 스스로 뱀인지 용인지 헷갈린단 말이다. 하도 '스읍' 스읍, 안 돼! 소리를 입에 달고 다니는 부모와 세상이 그 여자를 뱀으로 위장시켰다. 용의 심장을 되살려 주면 된단 말이다. 용 취급을 해주면 이무기는 다시 용이 된다. 여자의 자아를 용으로 만들어 주고 그 용의 힘을 빌린 후 남자의 마음과 여자의 마음이 일치될 때 남자는 입에 여의주를 낀 채 여자의 용의 힘으로 승천하여 하늘에 닿아 세계를 두 눈으로 보는 걸 겪어봐야 세상 한번 살아본 것 아니겠는가.

남자의 자아가 토끼다. 달토끼. 달은 차다. 냉정하다. 하지만 냉정 속에 온화한 빛을 잃지 않고 늘 미소 띄지 않는가. 아무리 작아지고 빛이 사라져 가며 약해져도 초승달 눈으로 웃지 않던가. 내 비록 힘들어도 내 비록 사라져 가도 마지막 순간까지 미소 짓지 않던가.

"아빠 다녀올게, 하나도 안 힘들어. 다 괜찮아. 걱정 마. 어제 좋았잖아? 그러니 어제 같은 날이 올 거야. 하하. 뭘 그런 걸 신경 써. 내가 알아서 해볼게."

달토끼가 어떻던가, 둘이 절구를 번갈아 찧지 않는가. 내가 하면 너가 하고 너가 하면 내가 하고. 티키타카 = 정반합. 자유. 자유의 상징. 봉황 아니던가. 남자의 자아가 자유의 신을 섬기는 봉황이다. 봉황의 힘. 자유의 날개. 신에게 날개를 달아주지 않던가. 달토끼가 얼마나 아름답게 생겼는가. 남자의 자아가 미의 화신, 자유의 화신이다. 여자가 남자를 사랑 없이, 사랑 그 자체로 온전히 받아들여 주면 남자가 어찌하는가. 여자에게 자유를 주지 않겠는가. 기분이 둥실 뜨고 하늘의 구름을 보면 백룡이 하늘에서 자신을 지켜주는 기분을 느끼며 날개를 펼치고 세상 자유롭지 않던가. 얼굴에 웃음이 피고 아름다움이 알아서 묻어나오지 않느냔 말이다.

아이의 자아가 무엇인가. 아이는 '나 + 너'다. 달과 태양. 아이가 괴로우면 달도 태양도 괴롭다. 둘 다 사라져 간다. 아무도 남지 않는다. 멸망이다. 아이 속에 용과 봉황이 춤춘다. 용과 봉황은 서로에게 넘기지 못하고 같이 있으면 상쇄되어 힘이 없다. 아이가 엄마에게, 엄마가 아빠에게 주는 태양의 힘을 다시 충전해준다. 아이 속에 용의 힘이 잠재되어 있으니 엄마에게 용의 힘을 보충한다. 아빠가 엄마에게 준 봉황의 힘 역시 아이가 계속 보충해준다.

그러니 아이는 늘 상쇄력만 발동하다가 지쳐 간다. 점점 내면의 용과 봉황이 말라 죽어간다. 자아가 죽어가는 것이다.

아빠: 어제 좋았잖아.

엄마: 내일 비 올 거야.

아이: 지금이 좋아.

아빠 엄마의 중간에 끼어서 둘이 전혀 통하지 않는 언어를 가운데서 소통시킨다.

견우와 직녀가 짓밟아가며 만나는 다리가 무엇인가.

까마귀와 까치의 연합 아니던가. 상쇄력.

아이가 스스로 온몸으로 징검다리가 되어 부모가 아이를 짓밟고 서 있지 않느냔 말이다.

즐거운가? 우스운가? 이토록 죽지 못해 살게 하려 아이를 낳았는가.

정반합의 자유의 힘이, 정반합의 상쇄력으로 뒤집혀서 정신이 붕괴되어 지쳐가는 아이를 있는 그대로 본 적 한 번이라도 있는가. 단 한 번이라도 그걸 볼 수 있는 부모가 되어봐야 부모가 무엇인지, 살아서 부모 노릇 한 번이라도, 찰나라도 해봤다고 할 수 있지 않겠느냐 이 말이다.

지금이 즐겁도록.

구원자가 대놓고 코앞에 있는데 아이를 짓밟고 허공을 바라보며 어딘가 나의 구원이 있을 거야 하니 그토록 코미디가 어디 있던가. 이걸로 콩트를 짜면 수백 회를 넘겨도 웃길 것이다.

눈물겹도록.

아이가 오늘이 즐거우면, 내일도 알아서 즐겁게 만들어 준단 말이다.

이것이 신격이다.

신격이 어떻게 터지던가, 예를 들어 아이가 느닷없이 잠자리를 잡고 싶어 한다. 아빠가 아이가 재밌도록 최선을 다하다 보면, 어? 잠자리를 잘 잡으려면 잠자리채가 이러면 나을 텐데, 어? 잠자리통은 이러면 나을 텐데. 어? 맞다 내가 하는 일과 관계가 있네, 물류를 분리할 때 공중에서 아래로 내리지 않고 위에서 잡아 바로 분류하면 공정이 간소화되는구나. 창고는 칸막이 배치를 이렇게 하면 낫겠구나.

하며 어른은 자기가 깨달음을 얻었다고 믿는다.

아이가 알려준다. 아빠가 일이 힘들어서 나랑 놀아주고 싶은데도 방해물이 있구나. 알았다.

내가 왔다. 와서 보니 별일도 아니로다. 문제를 삭제시켜주마. 잘 보거라. 아빠, 이렇게 하는 거야. 잘 봐. 내가 잠자리 어떻게 잡는지, 그리고 뭐가 불편해 보이는지. 아빠 잘 봐. 이거야. 이거 보여? 있는 그대로 봐. 나를 봐. 나 지금 뭐해?

신호를 준다. 늘 세상은 신호를 끝없이 준다. 누가? 가까이 있는 사람이.

아끼는 사람이. 약한 자가. 믿는 자가. 지지자가. 그래서 배신의 룰이 추가된다. 아이가 아빠에게 특권을 안겨주면 아빠는 배신한다. 일이 잘 풀리니 그저 회사가 바쁘다. 놀아줄 시간이 더 없다. 돈은 많아진다. 혼돈. 돈의 혼에 잡혀간다. 그럼 누가 배신할까. 알고 있지 않던가. 뻔히 다 알면서. 죄의식. 어디서 왔던가. 뭘 했는지 세상은 다 알고 있다.

누구 탓이던가? 원인을 제공한 것이 누구던가. 없다. 순서가 없다. 이것을 아는 것.

죄의식을 없애는 것. 없애야 비로소 죄를 짓지 않는다. 죄가 뭔지 알아야 뭘 들켰는지 알아야 비로소 결국 아무도 잘못한 게 없음을 안다. 아무도 죄지은 자 없음을 안다.

사랑이 있다고 믿으면,

용(사탄) = 사랑(사탄)

사탄이 사라질 때 = 용이 승천할 때 (사랑이 사라질 때) 그 울음소리는 천지를 진동시킨다. 세상을 침묵시킨다. 용이 언제 우는가. 천둥. 천둥 칠 때 말하는 자 있는가. 세상 모든 것이 다 떤다.

용이 우는 것이 천둥이다. 용이 승천하는 소리. 사랑이 사라지는 소리.

그래서 아이를 잃은 부모의 눈물의 포효는 그토록 애절하다. 용이 승천했으니까. 아무도 근처에 가질 못한다. 뭐라 할 말이 하나도 없다. 그 누구도 표현할 방법이 없다.

애절함. 언어의 주체는 '나'

내가 애한테 절함. 그제야 애한테 절한다. 죽고 나서야. 그제야 알고 절한다.

살아있을 때 절하면 어떤가. 애한테 절하길 모두가 그토록 힘들어한다. 죽고 나면 뒤늦게 알고 절하지 않는가. 우리 모두 이미 진실을 알고 있지 않는가.

가장 약한 자에게 하는 모습이

나의 모습임을.

목에서 나오는 소리. 입소리. 배설기관.

혼자는 언제나 배설만 하다 죽어간다.

(작금의 세상 모두가 혼자란 말이다.)

두 사람의 게임. 두 사람이 팀원이 되는 게임.

노인은 하나같이 똑같은 지혜를 얻는다.

'부부 둘이 좋으면 다 좋은 거야. 다른 거 다 필요 없더라고'

그래. 그거. 그게 전부라고. 전부. 모든 것. 두 사람.

사랑을 최대치로 없애고. 그저 두 사람이 그 자체로 아끼고 즐거운 것.

감옥이 터져 나가면 다른 세상 간단 말이다.

아니면 순환의 사이클에 의해 다시 이 세상 또 온다.

어디가 지옥일까. 여기가 지옥이면 다른 세상은 무얼까. 다른 지옥이지 별거 없다. 천상감옥은 천옥이다. 더 무서우면 더 무섭지 과연 거기가 환상의 유토피아일까.

그러니 여기를 현실천국으로 만드는 게 전부다. 화성에 가서 그 시뻘건 황토와 숨도 못 쉬는 공기를 테라포밍할 필요가 어딨는가. 뭐 한다고 그 짓거리 한다고 돈을 그토록 쏟아부을까.

달을 터뜨리려고.

없는 근거를 가져다 있는 척 만들려고. 우주가 어쩌고저쩌고 해써서 그저 이 정도면 터질 만하다라는 근거를 착착 쌓아가는 것. 그러니 '최선'을 다하고 있는 것. 온갖 그래픽과 그림을 동원하여 관념을 형성해준다. 그럴 듯하게. 달에 간 건지 화성에 간 건지 지구가 구형인지 그딴 사실 여부가 무슨 의미가 있나. 그저 관념을 형성하는 것. 머리에 화성의 관념이 지구에 있음직한 걸로 형성되면, 실로 그렇게 된다. 달이 돌이라는 관념이 형성되면 실로 그렇게 된다. 베텔기우스니 안드로메다니, 암흑물질, 힉스입자 동원하다가도 우주가 결국 뇌의 뉴런과 왜 이리 비슷하게 생겼냐며 계속 힌트를 준다. 우리 지금 뭔 짓 하는거? 하며 계속 보여준다. 프랙탈이론인들 아무리 무한의 나선을 펼쳐도 결국 나뭇 잎사귀 한 장에 다 들어 있는 것. 우주의 진리 같은 소리 한다. 당신의 진리. 당신이 만든 설계를 '나'가 즐기되 이러면 더 재밌지 않을까? 하고 '당신'을 즐겁게 하여 지지를 받아내는 것. '재밌으려고'. 화성에 간들 뭐 하는가. 서로 사랑 타령하며 불신하는데. 아무 재미가 없으니 화성이 터지기 전에 달이 떨어지고 태양이 사라진다. 관념의 현실화.

즐거움이란 무엇인가.

그놈의 '선' 선의. 선의가 악의를 만듦을 모르고. 선의를 강요하는 것. 하나

이 책은 아마도 도돌이표가 된다

도 즐겁지 않도록 '노력'과 '열정'을 강요하는 미친놈들의 세상.

"즐거움? 그거 다 뻥이에요. 노력해야 돼요."

진실이다. 즐거움 = 뻥. 뻥카. 코미디가 뻥이니까 웃기다. 세상이 뻥임을 알면 웃기다.

노력해야 돼요. = 뻥을 쳐야 돼요. 맞다. 뻥을 쳐야 된다. 원뜻을 알고 말했다면 웃기기라도 하지 스스로 뭔소리를 하는지 전혀 모르니 듣는 자도 답답하기 짝이 없다.

노력을 강요하는 사람은 노력이 뭔지도 모른다. 빡대가리. 공자.

공자님 또 나오세요.

공자님 어서 오세요. 내가 너는 반드시 조진다. 공자님 너만 조진다.

공자 왈

"좋아하는 직업을 택하면 평생 하루도 일하지 않아도 될 것이다."

이런 미친놈을 봤나.

"좋아하는 부모를 택하면 평생 즐겁게 지낼 것이다." 이런 말과 똑같다.

이게 전달인가. 상상이지.

사장이 직원을 즐겁게 하려 해도 직원이 호응해야 하고, 직원이 사장을 즐겁게 하려 해도 사장이 호응해야 할 뿐 이건 선택의 문제가 아니다.

사랑이 없음을 알고 조건이 없음을 알고 선악이 없음을 아는 상호작용이 없는 한 세계 어디에서도 좋아할 곳은 아무 데도 없다. 지지자에게 분노를 표출하고, 지지자는 그 분노를 수용하고, 다시 분노한 지지자가 표출한 분노를 원 분노자가 받아들이고 수용하는 과정을 거치지 않는 한 그 누구도, 아무도 자아를 꺼낼 방법이 없다는 것. 그리고 이보다 험난한 과정이 없다는 것. 동시성의 불가능에 가깝다. 기껏 없앤 사랑. 그러니 또 자극의 사랑을 찾아 마음이 떠나니까. 지지자를 버리려 하니까. 혼돈에 취한다.

보들레르의 악의 꽃. 전 세계 그 어떤 좋다는 곳을 돌아다닌들 결국 사람에게 실망하여 피어난 건 내면의 악의 꽃. 선택의 문제가 아닌.

혼돈의 원인. 즉 사랑은 없음을 아는 것.

그러니 공자는 지밖에 모른다. 이놈이 가족의 혼돈을 극단으로 가중시킨다. 가족 내 불화가 왜 생기던가. 충절, 효, 서열. 우열. 자식을 소유물 취급하는 그 정신머리. 공자 대가리. 그러니 대가를 치르지 않겠는가. 생명을 사물 취급한 대가. 사물이 된 자식이 보기에 부모가 세상과 비교해 하찮은 사물로 보일시 그 사물 어떻게 하겠는가. 이토록 뻔한 것을 모르는가. 아니 그토록 뻔한 것을 알기 때문에 벌벌 떨면서 재산을 두 손으로 꼭 쥐고 떵떵거리며 내면에선 덜덜 떨고 있잖은가. 그러니 죽고 나면 자식들이 와서 장롱부터 뒤지는 게 당연한 거 아닌가. 자식들이 무슨 잘못이 있는가. 배운 대로 아주 잘 실천하고 있다. 이보다 자연의 이치를 지키는 생명이 어딨는가. 참으로 대단한 자연의 공자. 자연이 낳은 이치의 공자님. 참으로 대단하십니다.

걱정 안 해도 된다. 내 안에 공자를 패는 거다. 자꾸 도덕심이 올라오려 할 때 선악이 올라오려 할 때 내 안에 공자 놈을 타깃 잡고 후려 패는 것. 내 안의 공자는 내 안의 공자. 당신의 공자는 알아서 패면 된다.

사랑 = 없음

사랑해 = 너는 없어져라. (너는 내가 하라는 대로 해라)

노력 = 없음.

노력해 = 너는 없어져라. (너는 내가 하라는 대로 해라)

노력해보겠습니다 = 스스로 하는 중도. 스스로 알아서 익숙히 하는 것은 나쁜 게 없다.

주님 사랑해요 = 주님은 내가 하라는 대로 하세요.

주님이 참으로 좋아하겠구나.

강요 = 요, 1 = 0 강제로 죽어라. 자살해라. 강에서 죽어라. 강요.

그러니 그토록 강에서 몸을 던진다. 이래라저래라 '강요'당하니까.

다 들켰다고. 다 보인다고.

"너를 위해서"

이거 들켰으니 증오만 쌓인다는 것. 옛날에 들켰단 말이다.

들키면 안 된다는 게 아니다. 들켜도 즐거운 것. 용납될 수 있는 것. 용서
할 만한 것.

그렇게 스스로를 익숙히 하되 서로가 타인을 즐겁게 해주는 것. 편하고,

안락하고, 짜릿하고, 쾌활한 것. 웃기는 것.

"너를 위해서"라는 말을 할 때 듣고 웃겨야 성립된다. "노력하세요"라는 말

을 할 때 웃겨야 성립된다.

그토록 되도 않는 얘기를 알아야 한다는 것. 그러면 웃기라도 할 거 아

닌가.

용납. 용(사탄)이 납봉되는 것.

용서. 용(사탄)이 서쪽으로 가는 것. 동쪽으로 해가 빨리 뜨도록, 하루가 빨

리 시작하도록 내일의 태양을 바라지 않고 그저 서쪽으로 가서 지금을 더 길게 보내는 것. 그저 오늘이 좋은 것.

달을 왜 터뜨리는가.

우리 세상 답이 없다. 그러면 이 감옥을 어찌할까.

감옥을 부수려고. 그래서 다른 감옥으로 가자고. 미치고 환장할 노릇이다.

그러니 사랑이 그토록 인간의 정신을 송두리째 다 망가뜨린다. 다른 감옥은 애초부터 있지도 않지만 그저 있게 하면 있겠거니 하는 8진법을 2진법 속에서 동원하려니 멍청이가 되어간다. 8진법을 만들 유일한 방법은 자아와 타아를 일치시킨 4진법의 두 사람이 동시에 서로의 마음과 사고를 일치시켰을 때 빛을 터뜨리는 찰나의 신의 권능이다.

그토록 보고 싶은 달의 뒷면.

곧 볼 듯도 하단 말이다. 두 눈으로 코앞에서 볼 수도 있을 듯하다.

이왕 죽을 거라면 달이 터지는 걸 구경하는 것도 나쁘진 않을 테니까.

성격.

무의식은 없다. 원래 그런 건 없다. 예를 들어 성형으로 외모가 변했다 치자. 또는 사회적 위치가 변했다 치자. 그 사람의 성격은 바뀐 것처럼 행동한다. 자리가 사람을 만든다느니, 권력이 그 사람의 본질을 보여준다느니, 뭔 놈의 본질인가. 모든 게 다 본질이다. 성격이란 무엇인가.

격. 격을 어디에 쓰던가. 인격, 격조, 격변, 규격, 격상, 일격.

'틀'을 말한다.

껍데기를 말한다.

최후의 일격. 마지막 껍데기를 벗기는 것.

양파의 껍데기를 다 벗기면 무엇이 있던가. 없다.

애초부터 우리는 껍데기다. 그래서 우린 가치를 설정하면 껍데기를 그토록 쉽게 벗거나 쉽게 씌운다. 본질이 허공에 씌운 껍데기니까.

즐거움이란 무엇인가.

껍데기로 즐기는 인생.

무의식이 아닌, 마음이 진실로 서로 함께 즐거울 때 그때가 바로 마지막 껍데기 속에 빛이 깃들 때이다. 그 빛이 사라지면 마음이 사라지고 마음이 없으면 껍데기를 지탱할 정신력이 없음이다. 껍데기가 없으면 정신력을 담을 공간도 없음이다.

무의식 = 정신력이다.

그러니 달을 터뜨려야 할 것 아닌가.

최후의 껍데기를 다 같이 벗고 싶으니까. 껍데기가 이제와 너무 무겁고 얽

혀있어 한 겹만 벗고 싶어도 다 꼬여서 딸려나와 창피하고 수치스러우니까.

비록 죽더라도.

혼자 창피하지 않겠다는 말이다.

다 같이 창에 맞아 죽겠다는 말이다.

곧 죽어도 꿈을 수치심과 교환하지 않겠다는 것.

그러니.

내 어둠을 있는 그대로 바라보는 저것.

달을 죽이자.

8.

배설

입은 입구인가. 출구인가. 먹을 땐 입구지만 말할 땐 출구.

코는 입구인가. 출구인가. 숨 들이쉴 때 입구, 내뱉고 콧물 흘릴 때 출구

귀, 거기, 저기, 똥꼬 같은 거.

구멍에서 나오는 건 하나같이 더럽다.

나오는 건 더럽다. 그러면 들어가는 건 즐거워야 한다.

정반합이 성립돼야 살아갈 힘이 되고 정신이 살아난다.

눈을 뜨고 보는 것은 즐겁기 때문이고, 눈 감는 건 즐겁지 않기 때문이다.

입으로 말하는 것이 배설이라 말 자체가 똥이다. 귀는 들어갈 때 즐거운
소리가 들려야 한다.

입으로 똥을 싸니 듣는 자의 귀가 괴롭다. 도무지 세상 전체가 똥을 싸대니 뭘 들어도 듣는 척해야 한다. 기도로 말하는 사람이 아무도 없고, 모두 목구멍으로 말한다. 똥만 싼다.

"잠은 죽어서 자세요! 노력하세요."

그 말 한 놈 잘 때 죽여도 되냐고 물어보자. 너는 죽었으니까 자는 거 아닌가. 그럼 죽은 놈을 죽여봤자 죽일 수 없으니 죄가 없음이 성립되잖아. 죽여도 되잖아.

"그냥 말이 그렇다는 거지 뭐."

네 귀에 아무 말이나 지껄여 때려 박을 테니 그 모든 모욕을 다 참아낼 수 있다면 인정한다.

아무 말이나 때려 박아도 그 말 속엔 원래 감춰진 뜻이 다 있다. 모든 말은 뜻이 있으니 나의 의도는 사실 이러했으니 그거 알아달라고 너에게 떠넘기겠다. 네가 알아서 알아들어라. 나는 모르겠다. 이 짓거리 도대체 언제까지 하고 싶은가. 개님도 소님도 그딴 짓거리 안 한다.

그래서 극한의 저능아. 공자 행세하는 놈들.

공자님 또 오셨네요.

어서 오세요.

"군자는 세상에서 좋고 싫음이 없이 오직 옳은 것을 따를 뿐이다."

아이고 그러세요.

옳은 것이 무엇인가요. 밥을 먹으면 똥을 싸는 것이 옳지요. 옳음을 따르시니, 똥을 따르시겠네요. 오직 공자에게 똥을 먹이리라. 군자님아. 세상에 좋고 싫음이 없다면서. 옳은 것은 어찌 있는가. 좋고 싫음과 옳고 그름이 묶여 있는데 구별할 방법이 공자에게 있단다. 이런 저능아가 존재할 수 있다니. 세상 참 좋긴 하다. 이딴 놈이 동양의 대표 성인이라니. 성인이 그래서 하나같이 뇌가 없다. 좋고 싫음이 없으면 옳고 그름이 없는 것을 모르는가. 좋고 싫음과 옳고 그름이 없으면 살 수 없음을 모르는가. 그래서 우리는 좋다가도 싫고 옳다가도 그르며 그때그때 각자가 순간순간 판단하며 즐거움의 파동을 타는 것을 모르는가. 이토록 쉬운 것도 모르는 극한의 저능아. 공자.

공자. 공자님 어서 오세요. 나는 너를 지옥 끝까지 쫓아가겠다. 당신께선 걱정 안 하셔도 됩니다. 저의 즐거움. 저는 공자 패는 게 즐거워요.

즐거움이란 무엇인가.

(옳다, 좋다, 맞다, 그렇다 등등 긍정어 전체가 동화어. 즉 있다.)

(그름, 싫다, 아니다, 틀리다 등등 부정어 전체가 이화어. 즉 없다.)

모든 언어는 딱 4가지.

내가 있다. / 너가 없다. / 내가 없다. / 너가 있다.

이 이외에 다른 언어는 없다.

원래 그렇다. 정해져 있다.

공자가 저능아인 이유.

오직 이놈이 하는 말은 단 하나. 권력자가 물어볼 때 하급자가 복종해야 하는 이유를 설파하니까.

장자와 노자. 정신을 유지하는 법을 설파.

공자. 사물관계의 우위를 점했을 때 그때만 좋게 하는 말장난을 설파. 그래서 권력자와 부모가 공자를 추종한다. 극한의 저능아. 공자. 공자가 뜬 이유. 권력자가 좋아하니까.

'우리'가 간직할 유일한 단 한 개의 언어.

너가 있다. (서로가 서로에게, 혼자 하면 독박 쓴다.)

"저는 주관이 뚜렷해요."

주관이 뚜렷하면, 남의 주관도 뚜렷함을 알아야지. 지 주관을 강요하면 그게 뚜렷한 주관인가.

하나도 뚜렷하지 않으니 내 주관이 맞는가!? 하며 강요하지 않는가. 그러니 그게 주관이 뚜렷한 것인가 주관이 없는 것인가. 강요하는 모든 것들. 규칙, 룰, 행태, 삶, 모든 것들.

강요하면 무엇인가.

내가 되려 하는 것들.

입력되면 출력된다.

그러니 강요하는 말을 하는 사람은 항문에 뭔갈 넣고 싶어 한다.

왜?

출구랑 입구를 헷갈리니까.

그게 잘못됐다는 게 아니다.

헷갈릴 수 있지 뭐. 사랑이 뭔지 모르니까. 앞뒤가 뒤집혔으니까.

등가 치환.

그러니 똥꼬를 입구라고 생각하는 거 뭐. 즐거우면 된 거지.

나쁘다는 게 아니다. '서로 즐거우면' 아무 대가가 없다. 되려 축복이 내린다.

고생 끝에 즐거움이 오는 게 아니라, 그건 감정의 정반합인 갈증 후의 해갈이고, 그건 일부러 해보는 스스로의 재미이고, 인생의 즐거움은 즐거움에서만 온다.

고생 끝엔 고생이다. 고생 끝엔 외로움이 온다.

정해져 있다. 규칙이 없고. 즐거움. 서로, 피해 없게, 즐겁게. 피해가 있으면 진실로 타협하는 것. 몰래 할 거면 정말 몰래 하는 것. 아무에게(나 없이 참고 사는 사람에게) 피해를 주지 않는 것. 피해를 주면 등가 보상 하는 것.

무한의 배설이 바로 혼돈 8의 정체다. 사랑의 정체.

9.

남자가 여자에게 모든 것을 바친다

(해석은 알아서 한다. 당신이 옳다. 이런 상황을 구경하는 것.)

1(남자)가 2(여자)에게 모든 것을 바친다.

모든 것. 진짜. 진짜를 바친다.

왜? 근원의 속박.

남자가 자신의 '심장'을 여자에게 주었으니까. 갈비뼈가 아니라. 심장을 줬으니까.

남자는 뇌만 남았으니까. '내'만 남았고, 여자는 '자기'(심장 = 마음)밖에 모르니까. "자기야" 너조차 나니까.

자유의 상징 '수성'의 정반합의 힘. 3의 자유의 권능에서. 2를 여자에게 넘겼으니까.

1밖에 안 남은 남자. 일만 하려는 남자. 이미 일이 있어 여유 있는 여자.

이미 일이 있으니 여자는 일하려고 마음만 먹으면 노년까지 일자리가 어디나 있다.

"내가 돈 벌어오는 기계냐?"

기계 아닌데 왜 스스로 기계라고 하는가. 자기가 기계라고 느끼니까. 남자가 여자에게 가짜를 바치니까 여자가 남자를 기계처럼 모듈화시켜주는 것. 여자가 남자에게 남자는 이래야 하고 저래야 한다고 하니까. 그걸 왜 당하는가? 당연히 여자는 이래야 하고 저래야 하고 애는 이렇게 저렇게 키워야 하고 하니까. 등가 치환은 순서가 아니다. 누가 먼저 잘못이 아니다. 그저 승패가 정해진 싸움. 여자는 "오케이, 너를 조져주마. 너는 이제 사람이 아니다."

'난 안 그랬는데?'

세상이 그러는 걸 막을 생각도 안 하고 여유도 없으니까. 막으라는 게 아니라. 안 그러지 않았다고.

1 vs 2의 싸움에서 남자가 여자의 정신을 건드리려 하면 패배가 정해져 있다. 그러니 남자가 사이보그가 되어가거나 혼자가 되어간다. 숫자에 지배된 세상에서 세상에 지배된 사물화된 생명은 결코 이길 수 없는 싸움이다. 그렇게 남자가 패배하니,

여자는 이겼는가? 음양의 이치에서 이기면 진 거다. 여자도 혼자가 되어간다.

둘 다 지고 있다. 한쪽이 이겨봤자 지고, 한쪽이 져봤자 또 진다. 져주면 진다. 이기면 진다…

어쩌라고?

원인 - 사랑이 없음을 서로가 모르면 그저 이렇다는 것. 한쪽만 알아도 아무 소용이 없다.

이기지도 지지도 않는 싸움은 서로가 서로에게 말곤 없고, 서로 사랑이 세상에 없음을 모르면 결코 아무도 남지 않는다. 정해져 있다.

1 vs 2의 싸움이니 남자만 불리한가?

속임수거래. 진짜를 바치는 것(진짜는 현실에 없다. 진짜를 제대로 뺑카치는것)

그러면 대역전극

3vs2 로 치환된다는 것. 여자가 자신의 심장을 돌려주니까. 남자가 자신의 정반합의 자유의 3의 힘을 주려면 여자의 2의 힘을 온전히 받고 남자를 3으로 만들어주고 남자는 3을 계속 여자에게 넘겨주면 여자는 1이 계속 남아서 순환된다. 에너지가 서로 늘 풀파워가 된다.

내면의 규칙들, 윤리들, 관념을 경계하며 세상이 부정해도 내가 맞다고 여기는 것이 당신이 좋아하는 것으로 골라서 흉내 내주는 것. 그렇게 살살 맞취가는 것.

요즘 사람 결혼이 힘든 것은 '사랑할 줄 몰라서' 이다. 슬슬 눈치를 챘으니까.

(돈이 없어서, 직업이 변변치 않아서, 집값이 비싸서랑 아무 관계가 없다. 결혼은 동사무소 가서 도장찍으면 끝이다. 결혼'생활'. '생활'과 관련이 돈과 직업이고 그것 또한 결혼과 아무 관계가 없다. 결혼은 결혼이고, 생활은 생활이다. 생활 = 자립이고, 결혼 = 서로, 함께 이다. 결혼생활 = 함께 + 자립은 성립이 안 된다. 함께하면 자립할 수 없고, 자립하면 함께할 수 없다. 사랑이 없어도 함께 할 수 있음을 이해를 못 하기 때문에 사랑 타령하면서 함께하자며 돈, 직업, 환경 등 자립을 묶는 배반관계를 전제하고 들어가려니 '어차피 배신당할 결혼을 왜 하지?' 하며 앞뒤가 계속 혼돈이 오는 것. 그게 틀렸다는 게 아니다.)

사랑할 줄 몰라 → 세상을 보니 사랑이 하나도 없는 것 같은데 왜 있다고 하지? → 내가 잘못된 건가?

너가 잘못된 거야로 빠져들어 가니 남녀 싸움이 난다.

내가 잘못된 거야로 빠지면 정신이 미쳐간다.

둘다 잘못된 거야로 빠지면 증오를 퍼뜨린다.

-내가 잘못된 거야

까뮈의 이방인, 뫼르소는 햇빛이 따갑다. 엉겁결에 자기보호를 위해 방아쇠를 당겼지만 총알엔 자비가 없다. 양심이라 불리는 햇빛이 자기를 찔러간다. 음심으로 중화시킨 무감정한 스스로가 남들과 다르다고 착각한다. 모두가 이방인이면서 타인들은 쉬쉬한다. 어째서 어머니 장례식에 울지 않느냐며 뫼르소만 나쁜 놈을 만든다. 다 똑같으면서.

-너가 잘못된 거야.

장례식장 다녀보면 누구나 다 안다. 어린애가 아니면 자식들은 부모가 돌아가셔도 별로 울지 않는다. 사랑에 가까운 것을 준 쪽이 자식이니까. 정신과 마음을 온전히 넘겨받는 쪽이 사라지니 그리 슬프지 않고 되려 시간과 함께 해방감이 올라온다. 그러니 개 한 마리가 사라지는 것이 부모가 사라지는 것보다 더 슬프다. 정신과 마음을 충전해주는 생명이 사라졌으니, 나에게 주는 사랑이 사라졌으니 얼마나 슬픈가. 반려동물이 계속 늘어난다. 나를 있는 그대로 바라봐주는 존재. 생명. 생명이 생명을 바라봐줄 때만 생명은 삶을 얻는다. 반려동물을 버리는 사람이 늘어난다. 교육, 훈련 등으로 나의 어둠을 감추고 싶은데 나의 어둠마저 다 따라하는 4진법 생명의 진실의 눈을 피할 곳은 어디도 없다. 아무리 훈련을 한들 점점 더 심해진다. 그러니 버린다. 들킬까봐. 나의 어둠이 부끄럽다고 여기니까. 그 어둠 누구나 다 있단 말이다. 그거 들켜도 된다고. 괜찮다고. 이미 다 들켰는데 뭐 특별한 거 하나도 아니다. 우리 다 마귀새끼란 말이다. 악의 = 아기.

-둘 다 잘못된거야

남녀 두 명의 증오와 악의의 결집. 마귀새끼. 아기는 보여준다. 아무데나 똥싸고 울고, 물고, 뜯고, 화내고, 그 와중에 연약하기 짝이없다.

그것이 우리의 어둠 그 자체.

아기는 계속 보여준다.

'나 어때?' 이게 너희 둘의 어둠이야. 감추고 싶었던 것. 모든 것. 다 따라한다. 헌데도 사랑스럽지 않아? 보라고 잘 보라고. 너희들의 어둠. 그거 괜찮다고. 그래도 된다고. 그거 부끄럽지 않다고.

아기가 아이가 되어 말이 통하는 듯하자 교육을 시킨다. 나의 어둠을 들키지 말아야지 하며. 아무리 시켜본들 점점 더 단점을 닮아간다. 그 어둠 괜찮다고 보여주고 또 보여줘도 부모(세상)는 도무지 말이 통하지 않는다. 그러니 아이의 자아는 붕괴된다. 아이의 '꿈'은 자아실현이 아니라. '타아실현'이 된다. 자아실현이 어딨는가. 자아는 이미 마음속에 숨어있다. '타아'. 세상이 시키는 것 중 뽀대나는 거 골라잡는 게 그것이 뭔 놈의 자아실현의 욕구인가.

타아실현. 현실굴복. 타인의 욕망을 욕망하는 기계인간. 프로그래밍된 AI.

강자가 되어 약자의 편에 서겠다는 어린 날의 자아는 강자가 되어 약자를 굴

복시키자는 현실'논리'를 따라가며 약육강식이라며, 이기적유전자라며 차곡

차곡 '논리'에 정복당한 '척' 스스로의 악심을 숨긴채 또 그 증오의 씨앗을 낳

고 또 반복한다.

그러니 실로 아무도 잘못이 없다. 자연의 이치니까.

아무도 잘못된 것이 없다는 것을 알면 본다. 사랑이 세상에 원래부터 없음

을.

결혼제도를 옹호하는 게 아니다. 결혼 = 약속 = 속박이다. 옳고 그름을 말

하는 게 아니다. 그저 보는 것. 세상이 이런 이유들을 그저 보는 것. 방법이

없음을. 아무 희망이 없다는 것. 희망이 없어야 비로소 당신이 보일 뿐. 희망

이 있는 한 아무것도 보이지 않는다. 당신이 보이면 모든 것이 다 있다는 걸

그제야 안다. 모든 것이 있다는 걸 보면 있는 것과 있는 것을 조합하여 있는

것을 만든다.

희망 = 원망, 동의어다. 희망 → 원망으로 간다. 정해져 있다.

"저 양반에게 아무 희망이 없어" 혼자 하면 좌절. 원망.

"우리 서로 아무 바람이 없어" 같이하면 즐거움.

헌데, 바라는 게 없는데 같이 할 수 있는가? 그러니 모순. 바라는 게 없음에도 같이하는 것.

그래서 흉내 내기. 바라는 걸 최소화 시키고 없는 '척', 있는 '척'하며 서로가 간을 보며 조절하는 것. 주도권은 남자가 갖는 것. 여자가 지루할 듯 보일 때 일(1)을 넘기고 만족할 듯 보일 때 1을 받는 티키타카. 박진감. 짜릿함. 없는데 있는 척하는 것이 얼마나 웃기는가. 그걸 속아주는 당신을 보며 웃는 게임. 있는 걸 없는 척할 때 살짝 괴롭지만 그때 웃는 당신을 보며 다시 웃게 되는 무한의 즐거움. 그것이 정반합의 감정 놀이. 도달하기까지가 극악의 난도. 도달하면 쉬운 듯하지만, 한시도 긴장을 풀 수 없는 게임. 여자가 수동적 역할이 아니고, 남자가 수동적으로 세상에 지배된 철없는 바보이기에 남자를 능동적 역할로 알려주고 그다음 수동적인 '척'하는 여자(자아)의 관대함을 보라는 것. 이걸 보면 '고마움'을 안다는 것. 게임의 본질을 보라는 얘기다. 자존심 따위 없다고. 자신감. 오직 자신감 하나로 뻥카치며 사는 것. (자만심이 아니라는 것)

그리고

빡대가리 공자님 조지는 것.

어? 공자님 또 오셨네요.

"산을 움직이는 자는 작은 돌을 들어내는 일로 시작한다."

아, 공자님. 제가 또 시킬 일이 늘었네요.

공자님. 산을 움직이세요. 저기 작은 돌 많잖아요. 들어내세요. 혼자 하세요. 그거 혼자 실컷하고 산을 움직이세요. 천하의 저능아님아. 작금의 기술로도 국가 재산 탕진해도 산 하나를 움직이기 힘든데도, 그 공자님 그 대단한 공자님아. 산을 움직여라. 우공이산 네가 해라. 네가. 나보고 시키지 말고. 그거 네가 하는 거 보여줘라. 그러면 배운다. 입력되면 출력된다. 배려는 배려를 통해 배운다. 저능아야. 공자야. 제발 정신 좀 차려라. 산을 움직이는 자는 산을 움직이는 자다. 작은 돌을 들어내는 것은 작은 돌을 들어내는 것이다. 그러니 공자다. 공짜만 바란다.

사랑이 전부라고 해서 혼돈이 오면

사랑을 없애야 혼돈이 없어진다.

혼돈의 파편을 백만 년을 들어낸들 무한생성 될 거 아닌가.

산을 움직이려면 산을 움직이는 것.

등가 치환.

1. 남자.

2. 여자.

3. 자식.

4. 세계.

남자는 태어난 순간부터 1이 없어진다. 일이 없다고. 그래서 일하려 한다고.

여자는 태어난 순간부터 2가 없어지려는데 세상이 2유를 채워주려 한다고. 이유가 있어지려 한다고.

그러니 남자가 자신의 1(신격)을 여자에게 모든 것을 '진실'되게 (1)인척 바치면, 여자는 2가 3이 되려 하니까 아기(3)가 되려 하니까 여자(2)로서 남고 싶은데 자꾸 아기(3)가 되려 하면 1을 넘겨야 한단 말이다. 남자에게. 그러면 남자는 자동으로 일(1)이 채워지고 남자는 뭘 해도 다 잘 돼간다고.

9. 남자가 여자에게 모든 것을 바친다(해석은 알아서 한다. 당신이 옳다. 이런 상황을 구경하는 것.)   123

세계는 언제나 나 + 세상. 1 + 3. 1이 있으면 세계는 그저 있게 되어있다.

잃어버린 1을 찾는 게임. 잃어버린 자아를 찾는 게임. 자아는 실현하는 것이

아니다. 자아는 그저 있었음을 믿고 있음인 '척'하는 것.

이렇게 뒤집고 저렇게 뒤집어도 늘 남는 것은 남자의 1신격. **얼마나 남자**

에게 짜릿하고 박진감 넘치는 게임인가. 이 게임은 신(남자)의 게임. 여자(신격

의 여유)를 편하고 즐겁게 해주면 인생 게임은 남자에게 안전한 롤러코스터.

이토록 대단한 게임 누가 설계하셨는가. 당신.

근거가 아니고. 논리가 아니고.

신격.

혹여나 시도해보다가

분노가 올라올 때 탈출기

깜짝이야 - 무서워 - 고맙습니다.

이거 모르면 큰일난다. 그러니 섣불리 시도하는 것이 아니다.

10.
정해져 있다

구원은 '아이'다. 아이. 아 = 나. 이 = 너. 1 = 나(신) 2 = 너(신격의 여유)

3= 신격의 '이상' 이상향. 유토피아. 천국으로 가는 열쇠.

2= 여유.

여우가 아니고. 여우는 내가 나를 너에게 주지 않으면 여유의 1이 빠지니
여우가 되는 것이고.

'나너'가 '아이'다. 그러니 나너가 합치면 아이가 나오잖아. 이미 알잖아.

숫자와 단어가 어디 그리 함부로 정해지던가. 다 써있다. 다 보여준다.

아이가 즐겁도록.

아이가 즐거우려면, 아이가 성인이 되어서 즐거워야 하는 그 짓거리 아니고.

그건 성인이 즐겁도록 이잖아. 그러니 지만 좋잖아. 등가 치환.

아이가 즐겁도록.

아이가 아이 자체로, 지금 이 순간 즐겁도록.

아이가 그저 **지금 즐겁도록.**

성인이 될 때를 대비하지 않고.

어릴 때 억지로 받은 교육 중 성공, 행복과 관계있는 것 단 한 개라도 있던가.

억지로 받은 교육은 몽땅 괴로움만 연관되어 있다. 신기하지 않던가. 내 스스로 했던 것만 도움되지 않았던가. 성공한 사람 중 억지로 해낸 자가 한 명이라도 있을까. 할만해서 한다. 다들 할 수 있을 때 할 뿐이다. 그러고도 온갖 노력을 한 '척' 포장한다. 성공한 자는 자신의 과거를 포장해서 속인다는 것을 모르는 자 있는가. 스스로 다 그러고 있잖아. 누구를 속인단 말인가. **내가 나를 속이면 나는 죽기에 내가 나를 속일 방법이 나에게 없다는 것을.** 다 알고 있으면서. 다 알면서. 다 보면서.

그러니 '호칭' 속에 숨지 않던가. 엄마가, 아빠가, 사장이, 회장이, 상사가, 어른이, 형이, 오빠가, 누나가, 언니가 하면서 '내가'라고 할 때는 온갖 투정과 슬픔만 말하고, 부끄러울 때 '내가'라는 말 한마디도 못 하는 죄인들. 내가 되면 죄가 됨을 알고 있으니까. '제가' 하니 죄만 고해한다. '제가' 그랬어요. '내가' 안 그랬어요. 하며 미쳐가는 세상. '주어'를 생략하는 세상.

내가 말한다. 내가 그랬다. 내가 생각한다. 내가 외친다. 내가 본다. 내가 느낀다.

내가 되면 죄가 되고, 당신은 죄가 없다.

가장 약한 자에게 하는 모습이 나의 모습이다.

그러니 그 대가를 치르리라.

무슨 말인지 전혀 못 알아듣는다. 4진법을 어찌 2진법의 기계인간이 알겠는가. 죄의식이 없을 때 비로소 '내가'라는 말을 약자에게 쓸 수 있단 말이다. 그동안 왜 못 썼는가. 죄가 있으니까. 억지로 한번 약자에게 써보란 말이다. 말이 안 나올 것이다. '내가'라는 말이 얼마나 어려운지, 강제로 쓰면 마음이 얼마나 괴로워하는지 느껴보란 말이다.

'나는 잘 쓰는데?'

개똥같은 소리하고 있네. '분노할 때' 쓰겠지. '모르겠어', '그런 것 같애' 등 도피할 때 쓰겠지. '주어'를 숨기겠지. 뻔할 뻔자 아니던가. '저는' 해놓고 '내가'했다 착각하지. '민지 왔쩌염 뿌우~'하며 남이 정한 이름 뒤에 숨겠지. '누가 그랬다', '누가'를 쓰겠지. 그러니 가장 약한 자에게 하는 모습이 '나'의 모습이란 말이 무슨 뜻인지 알 방법이 없다.

죄의식이 뭔지 알고 싶어 하지 않으니까. 종교 얘기인줄 아니까. 하나님, 하나, '나'. 나를 들여다 볼 생각이 안나니까. 무의식이 있다며 프로이트 만만 세, 변명해주셔서 감사합니다. 하겠지. 집단 무의식이라며 구스타프 융 만만 세 하면서 남들도 그러니까를 합리화하겠지. 타인의 욕망을 욕망한다며 라 캉 만만세 하며 거울단계라며 순환논증 자체를 합리화하겠지. 스스로에게 다 들켜놓고서 그 검은 마음, 흑심, 어둠, 스스로 다 알면서도 외면하는 것. 양심이 어쩌구 하며 음심은 모르쇠 하는 것.

그래도 된다고, 그거 괜찮다고 아무리 지지자가 말해도, 지지자에겐 한마디도 그거 괜찮다고 그래도 된다고 못하는 것. 자기만 좋고 먹튀하는 것.

아이가 '당신' 괜찮다 하니, 부모와 세상이 '나' 괜찮아? 이 짓거리 하는 것. '당신' 괜찮댔지 언제 '나' 괜찮댔나. '서로가 서로에게'가 무슨 소리인지 알면서도 자기도취에 취해 정신이 없다. 아이가 죽어가는 것 뻔히 보면서 가관이다.

우리애는 그리 해봐도 버릇없는데?

당연히 버릇없지. 등가 치환 끝낼 생각하려면 얼마나 긴 시간을 해야 할까, 부모가 명령질 하느라 자식이 어린 날 못했던 어리광도 다 받아야하고, 논리적인 '척' 되도 않는 강요했던 것 역치환으로 분노를 받아내야 하는데 안

할 거니까. 그러니 못한다고. 방법이 없다하지 않았는가. 이미 정해져 있단 말이다. 운명. 정해져 있으려는 것. 난 살아야 해서 어쩔 수 없었어. 자식에게 배설해야 해서 어쩔 수 없었어. 누가 죄라 했는가. 등가 치환. 세상에 당한 것을 그대로 푸는 것. 죄가 아니다. 우리 다 그러고 있다는 말이다. '기계'처럼.

그러니 그 대가를 누가 치르겠는가. 알면서도 그 짓을 강요했던 것. 풀지 못한 원한이 어디까지 가던가. 부모님 돌아가시면 꿈에 뭐가 나오던가. 부모가 나와서 어딘가로 끌고 가려 하지 않던가. 무언갈 뺏어가려 하지 않던가. 그래서 뿌리치지 않는가. 대다수 다 똑같은 꿈 꾼다. 신기하지 않는가. 꿈에 돌아가신 부모가 나올 때 '너가 누구냐' 하며 내 마음에 깃들지 않도록 뿌리치고 부모를 떨쳐낸다. 그리고 해방감을 느낀다. 부모 돌아가신 자식의 대다수 공통된 꿈이다. 로또번호라도 알려주면 다행이지. 그런 꿈 거의 없단 말이다. 애초에 로또번호라도 알려달라고 화가 나있단 말이다.

남들이 그러니까. 남들이 그러라니까.(본질은 자기만 좋으려고.) 그러니 사물체. 죽은 물건인 '척' 숨은 자아.

사물화된 부모는 존재력이 애초에 없다. 존재가 아니다. 부모행세 하는 순간부터 사물이다. 부모(세상). 다 들켰다고. 남들이 어쩌고에 몰입하느라 '내가'라는 말 한마디 못한다. '엄마가' '아빠가' '전문가가' 뒤에 숨어서 눈치 보느라 정신이 하나도 없다. 형제, 자매 차별하고 카인의 낙인을 찍어서 서로 멸시하도록 온힘을 다한다. 그래야 부모를 원망하기 앞서 형제 자매끼리 원망할 테니까. 아주 치밀한 짓거리로 보이겠지만 결국 다 들킨다.

그렇게 자란 자식은 커서 뭐하는가. 자식행세 하느라 부부가 다툰다. 효자, 효녀노릇 한다고 옆에 있는 남편, 아내를 괄시한다. 서로의 부모를 헐뜯는다. 자기자식한테 또 같은 짓거리 반복한다. 그러니 뭐하는가. 그 대가를 치르지 않겠는가. 남들도 그러니까. 나는 남들보다 좀 더 낫지 않을까 하며 자식을 또 괴롭힌다. 조기교육으로 아이를 극한까지 괴롭힌다.

아이한테 연산교육을 시킨다.

4진법 능력을 2진법 따위로 바꾸려고 온 힘을 다한다. 외국어 단어를 외우게 한다. 한글 단어도 무슨뜻인지도 모르는데, 애초에 단어가 뭔지도 모르면서 자기도 모르는걸 교육시킨다. 단어가 무엇인지 세상 누구도 모른다. '아빠'가 따뜻한 호칭인줄 아는가 '나빠'라는 관념의 현실화다. '엄마'가 무엇인가. '음마'라는 뒤집힌 '마음'을 말한다. 아이가 있는 그대로 '지금 이순간'을 보니 엄마는 음마고 아빠는 나쁘다는 말이다. 엄마라는 말 언제부터 하던가 '줘. 주세요'를 알아들을 때부터. 빼앗김을 알때부터. 아빠라는 말 언제부터 하던가. '안 돼.'를 알아들을 때부터. 좋고 나쁨을 구별할 때부터 한다. 신기하지 않던가.

아기가 처음 익히는 단어. '음마', 마음을 거꾸로 말한단 말이다. 견우와 직녀가 처벌을 받은 이유. 소(자식)를 안돌봐서. 소가 뭐라 하는가. '음마'.

남녀의 증오가 사랑(사람)으로 뒤집혀 나왔으니, 제발 좀 그 증오조차 사랑으로 뒤집어 보라는 말. 그저 아기(악의)를, 아이(나너)를, 있는 그대로 인정해주고 음마조차 마음이라는 걸 알라고 계속 힌트를 주는걸 보라는 말이다. 음심조차 양심이라는 걸 알라는 말이다. 나빠 조차 좋음 이라는걸 그저 보라는 말이다. 선악이 없고, 사랑과 증오가 없음을 알라고 당신께서 온힘을 다해 알리고 있지 않느냔 말이다. 이토록 쉬운 것을 왜 그대로 볼 생각조차 안하는가. 이것이 단순히 말장난 같은가.

주님: 부모를 공경하라.

신도: 예 부모를 존경하겠습니다.

주님: 아니, 공경하라고. 0공. 말야. 0이 현실에 보이디?

신도: 예 숫자가 보이네요.

주님: … 그래. 너 말이 맞다. 그러면 공경할 때 너 어케 하디?

신도: 우러러봅니다.

주님: 그치? 우러러볼 때 허리를 피고 고개를 들지?

신도: 예. 하늘 보듯 합니다.

주님: 음…. 그래 너의 생각이 맞다. 너가 옳다. 하늘을 볼 때 어떻게 보디? 고개를 들고 보잖아. 돗자리 펴고 누워서 보든가. 혹은 앉아서 손 뒤로 재끼고 허리 피고 보잖아.

신도: … 네 … 그런데요? 부모를 공경하는 거랑 무슨 상관이죠?

주님: '나'는 '독생자'. 똑같은 얘기야. '없는 것'으로 보는 것. 보긴 보되, 없는 자. 자아가 없는 자를 보는 것. 순수한 '타아'. **완벽한 타인으로 보는 것.** 타인을 볼 때 함부로 안 하지? 타인을 볼 때 괴롭히려 안 하지? 타인이 시키는 거 의심스럽지? 타인이 하는 말 생각해보고 듣지? 타인을 무턱대고 신뢰할 수 없지? **존중해주되, 믿지 않는 것.** 즉. **'척'하는 것.** 부모를 그렇게 보라고.

신도: 저는 독생자가 아닌데요.

주님: '저'는 아니지. '나'는 독생자. '저'가 되면 타아. '나'는 자아. '저'인 '척하는 것.' 실상은 '나'인 것.

신도: 오…. 역시 주님은 위대하십니다. 독생자 예수님 만세.

주님: (어라? 이놈 연기력 쩌는데? 이놈이 알고 보면 똑똑한 건 아닐까. 그렇다면 좋다.)

주님: 알았다. 너가 다 맞다. 그러니 대가를 치르리라.

부모를 완벽한 타인으로 볼 수 있을 때 비로소 보인다. 태어나서 감사합니다.

당신 있기에 나 있으니 그저 그걸로 감사합니다.

'갑자기? 너무 용서가 빠른데?'

당연히 빠르지. 등가 치환 나는 안했지만, 그저 감사했다 치는 것. '척'하는 것에 뭔 근거가 필요한가. 됐다하고 마는 것. 그랬구먼, 그들도 당했구먼, 그러거나 말거나 나 지금 '있으니까'. 그 자체로 끝.

그러니까 사람이다. 2진법의 기계인간은 치환, 환원을 시켜야 하지만,

4진법의 생명은 '상관없음'을 보유하고 있단 말이다.

까짓것 상관없다.

그러니,

아이가 알아서 다 하도록. 그저 옆에서 경험한 것들 **'나'는 이러면 이렇던데 어떠한가. 묻고 마는 것.** 판단하게 하는 것. **세상에 예절이 중요하면 부모가 먼저 아이에게 절하는 것. 부모가 먼저 아이에게 존중하는 것.**

그러면 아이가 알아서 판단하고 알아서 본다. 알아서 보니 알아서 즐겁도록 한다.

'사랑' 그 한없이 조건 없는 진실한 사랑은 오직 아이만 근삿값에서 알고 있으니까.

아기가 태어나 약하고 보잘것없을 그때 품어줬잖은가. 그 기억. 그 추억.

나 아무것도 가진 거 없고, 나 아무것도 할 수 있는 게 없고, 나 아무것도 원하는 게 없고, 그저 나 없어지려 할 때 당신이 나 받아줬잖아. 당신이 나 살려줬잖아. 당신께서 나 일부러 낳았지만, 내가 나오려고 나온 거 아니지만, 그래도. 나. 그거 모르고 나왔을 때 그때 나 품어줬잖아. 내가 한없는 어둠 속에서 그 어둠조차 따뜻할 때 그 어둠조차 나를 먹일 때, 그 어둠속에서 밖으로 나오니 빛이 나를 감쌀 때, 이 빛이 나를 눈부시게 하여 내 눈에 눈물을 적실 때, 어둠이 되레 좋았는데 그 어둠 속에서 늘 편했는데, 굳이 밝은 빛으로 나를 뽑아내 놓고서 그 빛이 나를 아프게 할 때 그 빛 속에서 나를 살려줬잖아. 그래서 믿었잖아. 입력됐잖아. 구원자. 당신은 나의 구원자. 어째서 아무 조건 없이 빛의 고통 속에서 어둠의 자식인 나를 살려주었나요. 그토록 자상하고 아름다운 것이 무엇인가요.

'사랑'

그거 사랑이라 부르는군요. 나 그 사랑 당신에게 던집니다. 입력됐으니 출력합니다. 당신을 사랑합니다. 엄마, 아빠 사랑해. 이 사랑 언제까지고, 나 죽을 때까지 간직할 거야. 내 생명의 은인. 나의 구원자. 나를 있게 하려 당신이 나를 받아주었으니. 이 세상 아름답도다. 이 세상 나와 함께 즐겨봐요. 당신과 나. 우리 함께 해요. 언제까지나. 믿을게요.

믿음. 모든 공포를 무시할 수 있고 모든 것을 초월하는 그 믿음. 목숨 따위 알게 뭐냐. 당신을 살게 하려면 나 모든 것을 하리라. '나'를 위해서. 나의 믿음. 그것이 당신. 당신 자체가 사랑이로다. 그 어떤 조건도 필요 없습니다. 당신이 무슨 말을 하든 그거 다 맞고, 다 수용하겠습니다. 당신이 시키는 교육, 당신이 원하는 그 모든 것. 내가 다 맞다고 인정하고 배우겠습니다. 내 목숨 바쳐 당신이 원하는 바를 성립시키겠습니다.

당신이 나를 '사랑'한다 하니 나 당신 '사랑'한다 합니다.

그거 부모에게 던지니까.

세상에게 던지니까.

성선설이고 성악설이고 측은지심 따위가 아니고.

'부모가 아이를 목숨 바쳐 구하잖아. 그거 위대한 부모 아니야?'

아니라고. 하나도 위대한 부모가 아니라고. 아이를 왜 구하나? 아이가 부모를 따라 하니까. 부모의 좋은 행동 나쁜 행동 하나도 안 따지고 다 맞다고 따라 하잖아. 있는 그대로 본다는 것. 그저 그대로. 그대로 당신을 인정합니다. 당신의 모든 것을 다 맞다고 봅니다. 부모의 그 감정, 그 행동 무언가 기괴하고 앞뒤가 안 맞지만 알게 뭐냐 다 따라 하겠습니다. 당신이 나의 기준입니다. 오직 당신을 한없이 바라봅니다.

사랑. 가장 근접한 아이의 모습. 거기에 취하면 부모뿐만 아니라, 세상 그 누구도 목숨 따위 알게 뭐냐 내 목숨 버리리라. 그대가 내 전부다. 내가 달려간다. 염화의 불길을 뚫고 시커먼 어둠을 헤쳐 달려간다. 용암이든 산사태든 내 앞에 방해물은 없다. 나 그대와 함께 가면 가는 거지 혼자 남아봤자 다 쓸모없다. 세상 어디서도 없던 사랑. 그대에게 있으니 그거 나 꼭 지켜야만 하겠다. 내가 남들에게 과감하게 못된 소리 던질 수 있고, 남 눈치 안 보는 이유. 내 아이가 나를 지지하니까. 내 아이는 내 말을 들어주려 하니까. 못 알아듣는 듯해도 결국 나의 진실, 나의 모습 자체를 따라 하니까. 내 어둠마저 따라 하는 그 모습. 늘 그리웠던 그것. 세상 어디서도 없던 그것. 무언가 답이 보일 듯한데 결코 잃어버릴 수 없단 말이다. 여기가 나의 무덤이 될지언정 그 무덤이 아무리 초라할지언정 세상 누구도 알아주지 않을지언정. 삶 그 자체의 유일한 목적.

사랑'받기' 그거 받고 있단 말야. 안 돼. 내 아이. 내 거야. 절대 놓지 않을 거야.

그 소중함은 언제나 뒤늦게 안단 말이다. 잃고 나서야. 잃기 직전에. 잠시 잃을 때.

잃어버린 아이를 찾습니다. 잃어버린 반려동물을 찾습니다.

살아있게 한 근원. 사랑 '받음'의 확인. 외출해서 당당했던 이유. 사랑'받음'의 확인. 손발이 다 부르트고 험한 일을 하면서도 내일은 오리라며 자신은 신도 용서해줄 거란 당당함. 사랑'받음'의 확인. 세상 밖에 사랑이 따로 있다고 어떻게든 구원이 있을 거란 믿음. 시간의 본질. 세상 그 자체. 우리 세상 이렇게 사랑이 가득할 수 있을거란 '희망'. 판도라의 상자 속 감춰둔 단 하나의 단어 '희망'

그거 부모의 위대함이 아니란 말이다.

대문을 긁는 강아지. 나 들어와 한없이 반가워해 주는 그 모습.

맨발로 아장아장 다리 품 속으로 뛰어오는 아이.

사랑'받음'의 확인.

부모는 자식을 사랑하지 않는다.

자식은 태어난 순간 효를 다했다.

빌어먹을 사랑.

그거. 세상에 없다고.

지금 없는 것은.

내 안에 있다.

아이는 늘 그대로 본다. 그대로 실천한다. 부모가 세상을 죽이고 싶어 하
니 뭘 하겠는가.

엄마 아빠가 세상을 싫어한다. 그리고 '나 때문에' 더 힘들어한다. 그래서
혼돈 속에 나보다 먼저 죽어간다. 그렇다면 내가 성립시키리라. 세상을 죽이
리라. 같이 죽어요. 엄마 아빠 조금 먼저 가더라도, 나 곧 뒤따라가겠어요. 세
상을 반드시 멸망 시켜 다 같이 죽어요. 어떻게든 같이 간다. 세상과 함께. 부
모의 소망. 그거 내가 반드시 성립시킬게요.

배려는 배려를 통해 배운다.

육신을 지키는 것 이상으로, 정신을 지켜주는 것.

정신을 지켜주면 정신을 지키는 법을 배운다. 그것이 정신력.

정신의 힘은 지켜져 왔을 때 비로소 힘이 된다. 정신에 '증오'를 '사랑'이라고 먹여서 다 부숴놓고 정신의 힘이니 마음의 힘이니 아무리 지껄여도 하나도 이해가 안 되는 이유다.

부서진 거 다시 회복하는 것. 그 방법이 사랑이 없음을 받아들이는 것. 분노를 해방하고 진노를 터뜨리며 '화'를 풀어내는 것. 그걸 받아줄 자신만의 사람. 나만의 팀원을 만들어 나아가는 것. 나만 터뜨리는 게 아니라 티키타카로 상호 간에 조금씩 조금씩 분출해 가는 것.

화가 난다. = 화가 날아간다.

화가 나서 = '화가'가 나여서. = 내가 만들어 나아간다.

화를 푸니 = 내 안의 들끓는 염화의 불길을 외부로 뿜으니

내 안에 증오가 식는다 = 사랑이 없어져 간다.

사랑이 없음을 눈치챈다 = 그것을 상대가 진실로 맞다고 인정한다.

그러면 본다. 세상 전체가 보인다. 그저 보인다.

프로그래밍 된 세계를 보는 재미. 실로 웃기다.

다투고 화해함의 본질.

죄의식으로 6이 된 스스로를 분노의 천사 5로 되돌린 후 6vs5의 내면의 싸움으로 1을 남기고 일(1)이 되어 허리 숙여 칠(7)할 수 있게 하는 것. 당당하게 허리 숙여 두 눈 뜨고 땅을 바라보는 것. 그때 본다.

지상천국을. 비로소 지상이 천국임을 그제야 실로 눈치챈다.

그러면 지켜야 함을 알게 되고, 운명을 벗으니 숙명. 숙명을 본다. 그저 보인다.

당신이 있다.

운명. 내가 부여받은 역할을 수행하는 것. npc(논플레이어)

운명을 벗는 것. 나 이외에 주변이 하는 역할을 알게 되는 것. PC(플레이어)

운명을 벗으면 숙명. 그저 흘러가는 나의 역할을 벗으니, 나의 숙원이 올라오는 것. (개발의지)

숙명. 내 주변, 즉 세계 속에서 내가 나로 있기 위해 그저 해야만 하는 것. (개발)

숙명을 벗는 것. 나를 칠(7)하는 것. 그러면 '숙'에서 'ㄱ = 7'을 내가 뜯으니 '수명' (개발자)

'나'의 수명은 '불멸'. 불멸자가 현실에서 되는 것. (보는 자)

필자 = 필멸자

핀 자 = 1 (일한 자)

칠하는 자 = 7 (칠한 자, **약자에게 허리 숙인 자**, 꾸민 자, 꿈인 자. '존재')

생명 = 8 (혼돈을 푸니 무한. 불멸자. 보는 자.)

구원 = 9 (무한이 되니 지루함. 희망이 없음. 재미가 없음. 희생할 것도 희생시킬 것도 없음)

죽음 = 10 = 1 → 0 필멸자. o의 서클 = 무한의 순환.

분리 = 11 = 1 → 1 나 분리될 때 약속했으니, 그 대가를 치르리라.

완성 = 12 = 1 → 2 내가 너에게 모든 것을 바친다.

자유 = 13 = 1 → 3 내가 비로소 자유가 된다. 독생자. 독립. 자유의지의 본질.

사랑 = 14 = 1 → 4 자유를 얻으니 진실한 사랑(즐거움)으로 세계를 만든다.

천사 = 15 = 1 → 5 나는 천사. 나는 악마를 만들어 악마와 싸우며 논다.

악마 = 16 = 1 → 6 나는 역할 교체로 악마가 되어 천사와 싸우며 논다.

사람 = 17 = 1 → 7 나는 신격을 다 소모하여 천사와 악마 앞에서 그저 허리 숙인 사람.

무한 = 18 = 1 → 8 나는 불멸자. 천사와 악마의 수호를 받으니 무한의 신.

창조 = 19 = 1 → 9 나는 신이라 구원자. 사람을 구원하니 구별하여 차별한다.

붕괴 = 20 = 2 → 0 나의 천사와 악마는 사라지고 나의 존재력은 없다.

순서가 없다. 난 일이 없는데 일부터 해야 하나?

7부터 해도 된다. 순서, 논리, 근거 없고, 시작을 어디서 하고 자시고 없고 그냥 7부터 해도 1이 되고, 1(남자)인데 2(여자)부터 할 거면 그렇게 하면 되고 안 되는 게 없단 말이다. 내가 그러겠다 하고 **그걸 지지하는 자를 만나 성립시키면 그냥 그게 맞는 것이 된다.** 그저 그렇게 되는 것.

정해져 있다.

그래서 교'육'이고 훈'육'이다.

6 = 죄의식.

교6 = 없는 죄를 있다고 씌우는 것

훈6 = 죄짓는 걸 훈련시키는 것

부모, 선생, 어른, 권력자를 흉내 내는

공자님들아.

"부모 되어 보면 부모 마음 알 거야."

알지. 머리가 뒤집히는 거. 머리가 뒤집히니 도대체 이 마음이 뭔가 설명할

방법이 없으니 할 말은 오직 '돼보면 안다'는 말밖에 아무 생각이 안 나니까.

등가 치환 어찌할까.

대등 관계. 누구에게?

가장 약한 자에게.

가장 약한 자에게 **하는 모습이 나의 모습.**

동정하는 게 아니고, **대등 관계.**

아이에게 먼저 허리 숙여 인사하고,

어린 사람에게 먼저 허리 숙여 인사하고,

사회가 낮은 사람이라고 탈을 씌운 이들에게 먼저 허리 숙여 인사하는 것.

그러면 본다. 사랑이란 무엇인지.

어른에게 백만 년을 인사한들,

높은 지위에 백만 년을 인사한들,

하늘을 아무리 우러러본들,

미남미녀라서 마음 써본들,

오직 탐욕만이 들끓을 뿐 거기에 한 줌의 사랑이라도 있는가. 증오.

그 불타는 증오를 사랑이라고 착각하고 '애증'이라며 되도 않는 소리를 지껄이는

탐욕의 폭풍. 혼돈의 폭풍. 돼지의 혼. 아… 돼지님 죄송합니다. 돼지님은 잘못한 게 없으십니다.

음. 다시.

탐욕의… 됐다.

세상 모든 것은 다 이유가 있다. 이걸 아는 것.

'다 이유가 있다는 것.'

이유 = 조건

완벽한 동의어.

아무도 우리 서로 사랑한 적 없고,

'엄마, 아빠 나 사랑해준 것 맞을 거야.'

안 해줬다고. 그 누구도. 단 한 번도.

태어나서 얻은 근원의 속박.

"나 별 볼 일 없는데, 가장 약한 자인데도 **아무 조건 없이** 나를 지켜주는 당신."

그런 사람. 그런 부모. 아무도 없음에도 그렇게 느꼈다는 것.

코딩 실패가 아니고.

이 근원의 속박이 있어야만, '생'을 느낀다는 것. 그렇기에 2진법 기계와 달리, 4진법 '감정'의 생명체가 성립되는 것. 그러니 속인 자도 없고, 속임당한 자도 없고, 죄도 아니고, 책임도 아니고, 이걸 인식 못 시키면 태어나자마자 모든 걸 포기하고 즉사하기에. 그러니 살려면 헷갈려야 생을 유지하는 것.

근원의 죄의식 = 사랑받았을 텐데, 어라? 나 왜 못 받은 것 같지? 할 때 뭔가 내가 잘못해서인가? 로 빨려 들어가는 착각. 이것이 근원의 죄의식.

나 왜 혼나지? 잘못해서? 내가 뭔가 남들과 달리 잘못된 존재라서, 나는 부족한 존재라서, 나는 바보라서, 나는 특이해서, 나는 이상해서 등등 구별은 잘못이라고 빨려 들어가니까.

나 왜 칭찬받지? 나는 똑똑해서, 힘이 세서, 예뻐서. 구별은 자만심으로 빨려 들어가니까. 그리고 벌벌 떠니까, 멍청해질까 봐, 힘이 약해질까 봐, 늙어서 추해질까 봐. 결국 자만의 대가는 구별의 죄의식으로 빨려 들어가니까. 이것이 그 대가를 치르는 것.

내가 잘못 = 구별이 잘못 = 차별이 잘못 = 아름다움, 추함을 느끼는 건 '구별'이기에 모든 느낌에 '잘못' = 죄의식이 모든 것에 다 끼어버리는 것. 몽땅 죄의식을 느껴버리니, 자아가 숨어서 나오질 못하고, 심장은 늘 답답하고, 사람들은 서로서로 상대가 변하라는 주장을 내세우는 것. 부모한테 받은 것은 오직 너가 변해라라는 기괴한 사랑이니까. 그걸 사랑이라고 아니까.

기준이 '나'가 아니라, 나의 '죄의식'이니까.

그러면서도 구별(구원의 별), 구원을 바라게 되는 것. 누군가 내가 아무리 못되고 지랄 같고 사랑받을 가치조차 없는 쓰레기여도, 한없이 별 볼 일 없어도 나를 아껴줄 사람이 있는가 하며, 나의 지지자를 발견할 시, 그 지지자가 한없이 지지해주려 하는데, 그 지지자의 순수한 모습에 되려 적반하장으로 점점 추악해지고 못되게 굴어서 이래도 나 좋아? 이래도? 나 이런 놈이야 사실. 날 봐, 나 이따위야. 나를 보라고. 나 이런 추악한 모습조차 좋아? 어쭈,

좋다고? 그럼 이건 어때? 이 정도의 어둠을 볼 줄은 몰랐지? 하며 광기에 차

무너져 내려가는 것. 거 봐. 난 사랑받을 가치 없잖아. 하며 좌절하면, 주변에

서 어? 저 사람은 왜 저리 애처로울까. 이리 와요. 괜찮아요. 울지 마요. 하며

일으켜 세워줄 때. 어라? 나 이렇게 별 볼 일 없는데 나를 아껴주니 당신은

누구신가요? 진실한 그대를 사랑해요. 이러고 또 상대를 상처 주는 것.

　누가? 모두가.

　다 이러고 있다고.

　들켰다고.

　그러니 우리 아무도 함께 못하잖아. 항상 격식이 무섭고 꾸며야 하고 긴장

하고 상처를 두려워하며 가식의 날들과 가시밭을 걸으며 외줄 타기 하잖아.

모두가.

　우리 어떻게 결혼하던가.

　내가 가장 약할 때 옆에 같이 울어준 사람과.

　내가 가장 강할 때 옆에 같이 웃어준 사람과.

　그것이 '조건'.

　언제 우리 조건 없는 사랑한 적 단 한 번이라도 있던가.

조건 있는 사랑 = 증오(=요청, 요구, 변화) → 죄의식

약할 때 옆에 있어준 그, 그녀. 강해지니 버린 사람도,

강할 때 옆에 있어준 그, 그녀. 약해지니 버린 사람도,

서로 오래 옆에 있으며 '정'이라며 사는 사람도.

'정'은 정지고, 정 때문에 살면 서로 멍해지잖아. '정지'되려 하잖아. 초코파이가 그래서 퍽퍽하잖아. '정'이 느껴지니까. 마시멜로가 푸석히 허공을 씹는 듯하잖아. 없어지려 하니까. 그러니 조건 있어도 잘못된 것이 없다는 것. 그래야 삶을 살아갈 수 있으니까.

아무 죄도 아니라고. 그거 죄 아니라는 것.

조건 원래 있었잖아. 우리 원래 이 세상 '조건 없는' 사랑이란거 단 한 번도 없었다고. 모두 다 조건 있어서 사랑인 '척' 살았잖아. 그러니까 그거 '사랑' 아니라는 것.

그것도 '사랑'이라고 하면 안 돼? 그건 알아서 하는 것.

입력되면 출력되기에 오류를 갖고 가면 계속 오류가 방출되지만 알아서

그러고 싶으면 그조차도 맞다는 것. 나름의 이유가 있을 뿐.

아니야. 사랑이 있을 거야. 그럴 리 없어. 그럴 리 없단 말야.

있지. '나'

'나' 오직, '나'

'나'에게 있잖아. 하나님. 하나. 나.

'나'에게 있단 말이다. 착각했지만, 유령의 허상이지만, 팬텀 오브 오페라의 지하실 깊은 곳. 우리 모두는 부모, 혹은 세상 누군가한테 '조건 없는 진실한 사랑'받았다고 가짜지만 실체로 '입력' 됐다고.

아무리 학대당하고도 살아있다면, '지금' 살아있다면, 가짜라도 어디선가는 받았던 것, 확실히 '입력' 되어 있단 말이다.

'입력되면 출력된다.'

가능하다는 것. 존재력. 이미 내재되어 있다. 지금 없는 것은 내 안에 있다.

'나' 여기 어둠 속에 '있다'.

'나' 비록 유령의 허상이지만, 그것 내가 '출력'할 '조건'이 있다. 한없이 작은 '조건.'

결코 사라질 수 없는 무적의 조건. 그 조건만큼은 언제 어디서도 있다.

언제 어디서도 있는 조건은 조건 없음과 동의어.

기대 없음 = 기대

사랑 없음 = 사랑

조건 없음 = 조건

모든 걸 부합하는, 언제나 항상 있는 오직 단 하나의 진실.

'당신'이 있다.

그러니 정반합의 등가 치환을 하려면, 대등 관계라는 것이 무엇인지 마음으로부터 알려면, 패륜, 강상, 역모, 반역이라며 무슨 엄청난 권위라도 있는 양, 철의 장막 속에 숨겨둔 '부모'와 '호칭'이라는 '타아'의 실체를 그대로 들여다보는 것. '명칭'이라는 껍데기가 얼마나 추악한지 그 껍데기 속에 벌벌 떠는 겁쟁이 타아의 본모습을 그저 느껴보는 것.

부모 = 공자님들

부부 = 대등 관계

부모하지 않는다.

부부하고.

+ 자신. 한다. (혼자 자신하지 않는다. 부부가 되어 당신하거나, 부부 + 자신하는

것, 대등 팀원.)

자식 하지 않는다.

자식. 나를 먹는다. 내 목을 벤다.

자신. 내가 신이 된다.

누구 덕에.

당신 덕에. 부부니까.

'나'를 위해서.

그게 옳은가.

당신이 옳다.

여기까지 원망을 풀어보았다.

이렇게 실컷 원망을 하고 나서 → 용서하는 것.

(용서를 먼저 하면 원망이 순환되어 되돌아온다. 억지로 하는 용서는 결코 당신이 가만두질 않는다. 억지로 하면 마음이 뒤틀리기에 음마가 되어 더 큰 화가 온다. 감당할 수 있는 화일 때 풀지 못하면 되돌리기 쉽지가 않다. 그러니 필자가 이렇게라도 풀어낸다. 도움이 될지는 확신이 없다.)

'죄 아닌 거 알고 있는데?'

아닌 거 알면 불멸자다. 실로 그렇다. 아무도 아닌 거 모른다. 그저 아니라고 서로서로 끝없이 말해주지 않으면 세계는 늘 죄의식을 계속 주입한다. 세상 허구한 날 뉴스에 각종 범죄사건 끝도 없이 보여준다.

'저놈 봐. 세상에 저게 죄가 아니면 뭐가 죄야?' 이러면 뭐가 생기나. 선의. 선의는 악의(죄의식)를 자동 치환 시킨다. 범죄 심리학자라며 그 사람이 얼마나 '나쁜' 사람인지 '논리적'으로 말해주려 온 힘을 다한다. 저 '나쁜' 놈 하는 순간 '좋은' 사람 생성되고 반대급부가 내면에 자동으로 생성된다. 죄의식. 이것조차도 잘못됐다는 게 아니다. 이조차도 잘못이 아니라는 것. 생성될 때 아, 내가 또 나쁜 사람이라고 생각했구나. 그랬군 하며.

깜짝이야 - 무서워 - 고맙습니다.

오늘도 이런 사건을 보여주어 제가 죄의식을 쌓을 뻔했음을 알려주어 고맙습니다. 역시 당신의 설계는 긴장을 풀 수가 없네요. 살살 좀 해주세요. (지지자가 없어도 당신은 내 안에 있다. 혼잣말이라도 하는 것. 지지자가 훨씬 도움이 되지만 그만큼 대가도 크다.)

세상은 사고 맥락의 흐름. 천사 vs 악마를 느끼면 생성된다.

어디에 생성되나?

현실에.

저 사람은 좋은 사람! 하는 순간.

나쁜 놈이 생성된단 말이다.

그게 나쁜 게 아니라, 그렇게 살아야 삶을 스팩타클하고 버라이어티하게 사는 게 맞다. 하나도 안 틀렸다.

한데 지금 현실이 그것이 극단화돼서 모 아니면 도이거나, ex) 잔혹 범죄.

집단 이기심.

혹은 혼돈에 취해 모두가 혼돈 속에서 자기 팀도 구별을 못 한다. ex) 인간

불신, 소통 단절

팀원을 구별 못 함 = 우리가 없음= 그림자가 없음 = 빛도 없음 = 정지화 =

해와 달이 둘 다 사라져 간다는 것.

관념의 현실화. 우리 지금 게임 중.

게임이 재미없어지는 이유. 사랑의 혼돈. 혼돈으로 치달으니 내가 없고, 너

도 없고, 나만 있고, 너는 없고. / 나만 있으면 외로우니 결국 나도 없고 너도

없음.

그래서 다음 판 가기 직전. 팀 게임에서 다음 판 누가 가는가. 팀이 간다.

우리.

팀원 만들기. 팀원 만들려면 조건을 한없이 없는 것에 가깝게 최소화.

그러려면 사랑을 최소화. 그러면 즐거움. 함께 즐거우면 팀원 성립.

* 예수, 부처, 공자는 인류에게 많은 영감을 준 위인이다. 알고 있다. 필자도 많은 걸 배웠다. 정반합의 가치교환으로 교란시켜 죄의식과 선의식을 충돌시키려 분노의 어투로 글을 썼다. **이해해달라는 것이 아니다. 그저 당신의 느낌, 생각이 다 옳다는 것.**

예수 "내가 1, 4, 9, 10의 실체를 알려줄게."

부처 "내가 무한의 나선 8과 죄의식 6의 실체를 알려줄게."

공자 "내가 서클의 순환 0과 선의 5의 실체를 알려줄게."

필자 "잠시만요. 2, 3, 7은요?"

성인들 "2, 3은 세상을 겪으며 스스로 알아야 해. 그건 각자의 가치가 다르니까."

필자 "7은요?"

성인들 "7은 꿈의 숫자란다. 칠할 수 있을 때 누구나 본다."

필자 "꿈이요?"

성인들 "꿈일 수 있기에 현실이듯, 칠할 수 있기에 꾸밀 수 있단다."

일할 수 있기에 칠할 수 있고, 칠할 수 있기에 꾸밀 수 있고, 꿈일 수 있기

에 현실이 된다.

(할 수 있다. 해야 하지 않고, 굳이 하지 않고, 그저 할 수 있음. 그럴 수 있다. 느낄 수

있다. 그래도 된다. 잘할 수 있고, 못 할 수 있다.)

꾸미기 = 흉내 내기 = '척'하기 = 자신'감' = 나 자체가 사랑인 '척'하기

그러니 보인다.

당신이 있다.

11.
달이 터진다며

예언 봉쇄력.

'나'를 위해서 + 너가 맞다. (이 문장만 알아도 된다.)

(아래 글이 헷갈릴 거 없이 자연스레 느끼면 된다. 현실 그 자체를 보여준다. 말장난이 아니라는 것. 몰라도 그저 **'나를 위해서' '너가 있다.' 요것만 알면 끝**. 아래 글이 8진법 흉내 내기라 이해하는 게 아니다.)

하나님. 하나. 나. 삼라만상 하나로 연결. '나'로 연결.

* '나' **없으니** 나를 위해서가 성립. = 내가 없으니까. 있어야 하니까. (8진법 = 없었지만, 있어진다.)

8진법은 현실에 없으니 지지자가 성립시켜주어서 = 너가 옳다를 얻어서

흉내 내는 것

　* 나 있으면 '너를 위해서' (x)불성립 (나 있는데 너가 있어질 방법 없다. 내가 있다 = 너가 없다)

　(현실 2진법, 즉 있음, 없음, '내가 있다' 하면 동시에 '너가 없다'로 된다. 또한 너가 있는데 너를 위하면 너는 여기 없다.)

　따라서 '너를 위해서'는 존재를 망가뜨린다. 현실 부존재로 만든다.

　* 너가 있을 수 있으니, 나 있을 수 있다. (4진법 = 있다, 상관 없음, 모름, 없다)

　(상관 없다와 모름을 꺼내서 있음으로 치환시키는 것. 마음의 4진법)

　내가 있을 수 있으니, 너 있을 수 있다.

　그래서 내가 있고 너가 있다.

　(마음이 4진법이라 혼자 흉내 내는 것. 자신감. 뻥카.)

　* 나 있지 않다는 것. 나는 애초부터 나로 존재 안 한다. 나는 있되 나로 존재 안 한다.

　나는 나 이외에 나누어 떨어지지 않는다. (현실 논리상, 나 + 세계는 불가능 존재)

그렇기에 논리적으로 결코 '나'는 분리될 수 없다.

그래서 수학적으로 '소수'

소수란?

'1'을 제외한, '나' 이외에 나누어 떨어지지 않는다. 나는 나뉠 수 없다. 단 1(일)을 제외.

즉 '1'이 나. 신. 1이 나인데, 소수도 나.

* 그러면 나는 '일' **하려** 할 때만 나.

일이 돼버리면 1이지 '나'는 없다.

(나머지 나, 즉 **너는 그저 있다. 너는 일 안 해도 있다.**)

나 일하고 있으면 나 없음.

나 일 안하고 있을 때 나 없음.

나 일하려 할 때는 아직 일 안 했으니 나 없음. 하지만 하려 하니까 **'있어지려 함.'** 아직 없음

일하려 한 후 일하고 있으면 = 있었지만 없어짐. 그래서 '나'는 여기도 없음

(8진법, 즉 '있어진다.'라는 개념이라 논리로 이해하는 것이 아닌. 잔상, 연기, 향을 느끼는 것)

* 현실에 **애초부터 '나'는 나로 있을 방법이 아예 없다. 봉쇄되어 있다는 것.**

논리적으로 성립이 불가능한 두 가지, '나'의 존재와, '세상'의 존재.

* **오직 논리적으로 성립 가능한 것은 단 하나.** '너'(일하지 않는 나, 일해도 나,

뭘 해도 나.)

2진법 속에 논리적 현실 실존재는 오직 하나 = 너

그게 바로 당신.

그래서 당신이 있다.

감정을 지우고 그저 본다. 이것이 현실논리 그 자체.

새생명이 있는가? 없다. 왜?

깜짝이야 - 무서워 - 고맙습니다

탄생 - 탄생하자마자 찰나에 죽음 - 그러나 살아 있을 수 있다.

얼래?- 이따위 세상 안 산다. 응애응애 - 너가 있어 살 수 있다.

살 수 있다 => 지금 살아있다. (X)

살 수 있다. => 지금 죽어있다. (O)

생명은 태어난 순간, 자살했다. 정해져 있다는 것. 파동을 타는 것. 파도타기. 잔상. 파동의 입자화, 여파. 생명 흔적의 여진.

그래서 생명'체' (생명인 '척')인 것.

우리 다 죽어있다. 애초부터 우린 죽어있다.

그래서 있었지만 없어졌다. 없었지만 있어진다. 이 게임하는 것. 4진법 '마음'의 둘이 합쳐 8진법 만들기. 팀원 만들기로 제대로 8진법을 흉내 내어 부활하는 게임. 팀 게임. 우리되는 것. 극악의 난도.

부활게임이라는 것. 부활을 어떻게 하느냐를 이 책 전체가 이리 돌리고 저리 돌리고 계속 돌려도 답은 단 하나.

"너가 있다."

이것만 쓰고 있다는 것. 이걸 사용하려는 전제 조건.

"사랑은 없다."

(마지막 함정이 사랑이다. 그러니 후결이 선결로 순환되기에 마지막 함정을 '전제로 인식'하고 출발하지 못하면 결코 풀지 못한다.)

그러니, '나'를 위해서, 너가 있다.

(논리로 가면 망한다. Ex〉 나를 위해 너가 있으니, 넌 내 것이다.가 논리다. 논리는 2

진법이라 늘 이런 식으로 된다. 그러니 '나를 위해'를 전제로 두고 너가 있다는 불변의 실체를 그저 인정하는 것. 내가 실수를 해도, 다 이유가 있구나 하고, 너가 실수를 해도 다 이유가 있구나 하는 것.

그러면 일이 어떻게든 잘 풀린다. 일이 풀리다 = 일이 펴진다. 8 → 1로 간다. 팔이 펴진다. 팔이 펴지면 올곧게 서서 1이 될 수 있고 그러면 당당히 고개 숙여 7할 수 있다. 7하면 2가 따르고 둘이 합쳐 9가 된다. 1이 되면 2가 보이고 둘이 합쳐 3을 낳는다.

3(자식)에게 1(아비)이 칠(고개 숙이면)하면 3은 7을 흉내 내어 7이 되고 2(어미)가 지켜주면 9가 된다. 여기서 9는 구원자.

2(여)가 일을 하면 1(남)이 이(2)유가 생겨 당당해져 1이 되고 1하던 2는 다시 2가 된다. 그리고 위처럼 하면 9가 된다.

서로 자신이 9라고 우기면 18이 된다. 혼돈에 취한다. 서로 대장하려 하면 둘 다 8(혼돈)이 되어 16이 된다. 나는 악마가 된다.

1이 스스로 4라고 뺑카를 제대로 치면 자신감이 생겨 1~3이 붙는다. 그러면 1~3은 4를 흉내 낸다. 4 + 4 = 8(무한, 불멸)이 되어 9를 본다. 당신이 있다. 당신을 보니 서로 고개 숙여 7(사람)이 된다.

그렇게 두 4가 7이 되면 7 + 7 = 14가 되어 '나는 사랑 자체'가 실존재로 등장하여 '신'이 된다. 세계를 사랑 자체로 창조한다. 정해져 있다.

1하되 스스로 7하지 않고 타인을 휘두르면 자만심의 5가 되어 소리치다 6이된 후 점점 고개를 떨구고 0(령)이 된다. 령은 세계에 흩뿌려진다. 흩뿌려지면 나를 찾지 못하여 무지의 공포에 들어간다. 그러니 이 세상이 빨리 없어지도록 온갖 술수를 부린다. 다시 창조돼야 자신들이 살아 돌아올 테니까. 령 = 타아. 타아 = 호칭, 이름, 명함, 명함 = 명령함, 이름 = 이르다. 남에게 이르다. 이름을 날리려면 타인을 이르려 자신을 이루려 이루어지도록 한다. 자신의 이름을 중시함 = 망령이 든다. 귀신들린다. 귀신 = 귀에 붙는다. 그래서 팔8랑귀가 된다. 남의 위치, 지위, 자격 등이 중요해진다. 간신배가 된다. 정해져 있다. 나쁘다는 게 아니다. 죄가 아니다. 다 이유가 있을 뿐. 이 게임의 본질이 속임수 거래다. 속임수를 간파하는 게임.)

생명은 4진법.(나)

현실은 2진법.

세계는 나 있을 때 4진법(나 '있어지려' 하는 것이 세계의 본질. 당신은 이미 있는 곳)

즉 나 있어지려 할 뿐, 나 없는 곳. 그래서 우린 애초부터 '나'는 없다.

'있어지려' 하기에, 노력하지 않고, 그저 있어지려 하는 그 모습 자체로 세계가 도와준다. 예를 들어, 나 그림 그려야지 재밌으니까. 하면 점점 잘 그려지게 되고, 나 그림 잘 그린다 하면 잘 못 그리게 된다. 그림 잘 그려서 칭찬 받아야지 하면 못 그린다. 칭찬받아서 내가 있다 하는 목적이니까. 내가 있어 지려가 아닌, 내가 있음을 전제로 하니까. 내가 있다 하면 당신 없기에 당신의 권능이 나에게 전달이 안 되고, 나 있어지련다 하면 당신 있기에 당신의 권능이 전달되는 것. 노력하면 나 없어지려 하는 것이라 당신의 권능이 전달이 안 되고. 노력하는 그 대상을 없어지게 하는 것. 재미없어하니까. 그걸 못 하게 하도록 계속 타격을 준다. 세계의 타아가 일이 하나도 안 풀리게 몰아친 다. 없어지려 하는 것은 당신이 외면하고, 괴롭히고, 있어지려 할 때(재밌을 때) 당신이 그것을 계속 재밌어하도록 도와주는 것. 그림 그리는 것을 재밌어 하면 계속 재밌도록 도울 뿐, 싫어하는 것은 없애도록 하게 함. 내가 재밌는 것, 내가 있으려 하는 것. 그저 늘 있고 싶어 하는 것. 그것을 당신이 도와준 다는 것. 전제는 나를 위해서, + 너가 있다(너가 맞다).

이토록 쉬운 것을 깨닫지 못하는 이유. '부모'라는 타아가 우선 봉쇄. '자식' 이라는 스스로의 타아가 2중 봉쇄. 여러 호칭들이 3중 봉쇄, 결혼 후 4중 봉 쇄, 자식의 5중 봉쇄 그밖에 세계의 규칙이 무한 봉쇄. 끝없이 속박을 걸어서 계속 쉬운 길을 가지 못하게 한다. 쉬운 길을 발견하면 쾌락과 나태로 빠진다. 그래서 좁은 길.

이유는? 달이 떨어지니까.

지금 그거 할 때 아니라 팀원부터 만들라고 강력한 연기력을 훈련시키는 것. 인내의 극한을 맛보게 하고 삶의 고통을 몰아부치어 답을 아는가? 하며 세계가 물어보는 것. 업. 업보. 무지의 업보. 이거부터 풀라는 것. '사랑의 속박. 이거 풀고 하세요~' 그러니 사랑 = 없음을 인지하는 게 모든 것의 선결문제라는 것.

그러니 그 답부터 가져온 것 = 사랑은 없다(정답) 제출. 이걸 제출하려면 마음이 느껴져야지 논리로 못 느낀다.

사랑이 식어간다 (X)

사랑이 꿈틀댄다 (O) 사랑이 없으니까, 꿈틀대며, 누구를 봐도 사랑으로 보인다. 사랑하지 않고 그저 사랑 자체로 보인다. 미추가 구별이 안 되는 게 아니라, 미추에 감정이 동요치 않는다. 감정 동요를 '흉내 낸다' 그러니 모든 것이 진심이 아니다.

* "나는 모든 것에 진심이야" - 불가능. 따라서 → 너의 모든 것에 진심이 안 보인다. 불신. 그래서 타인에게 공격적이거나 방어적이 된다. (불신자란 나와 대등 관계인 너를 불신하는 자.)

대등 관계(=) 나 = 너.

신을 불신하는 자 = 당신을 불신하는 자 = 타인을 불신하는 자

나와 대등 관계인 너를 불신(나 = 너를 못 믿음. 불신지옥. 작금의 현실.)

* "나는 모든 것에 진심이 아니야" - 가능. 따라서 → 너의 모든 것에 진심이 보인다. 관심. 그래서 타인을 받아들이려 한다. 다 받아들이지 못한다. 당연한 것. 그때그때 할 수 있는 만큼. 그리고 신경 안 쓴다. (신자. 나와 대등 관계인 너를 느끼는 것.)

나와 대등 관계인 너를 신뢰 (나 = 너 그 자체임을 느낌. 현실천국)

(나보다 윗사람에게 대등 관계를 강요하는 게 아닌, 내가 나보다 어리거나 약한 사람에게 동정 아닌 대등 관계임을 진실로 느끼고 행하여야 비로소 알게 된다. 머리로는 모른다. 마음으로 입력되면 출력된다.)

궁예의 반쪽짜리 왼쪽 눈 관심법이 아닌, 두 눈으로 세상을 보는 전시안.

(나를 위해서) **너가 있다.**

현실에서 깨달아 가면, 실전을 통해서 나아 가면,

어어어? 세상 왜 이래. 하면서 무언가 슬금슬금 세상이 밝아 보인다. 그렇게 팀원이 늘어나면 뭐가 되는가. '내'가 되려 한다. 자신감 → '자신'이 되려

하면서 다시 다 망친다. 탐욕에 빠진다. 그러면 헤어나오기 힘들다. 죄의식의 늪에 들어간다. 돈이 많아도 삶이 괴로워진다. 그러면 자동으로 쾌락과 나태의 나락으로 향해 간다. 외로움의 늪에 또 빠지니까. 빠지면 혼자 못 나온다. 그러니 '자신'이 되려 할 때 그것을 봉쇄시키는 것.

감정 줄이기.

사랑 줄이기.

기대 줄이기.

조건 줄이기.

그러면 감정이 줄어서, 내가 되려 할 때 '나'를 봉쇄시킴.

나 = 달.

즉 달을 '있는 그대로 있게' 봉쇄시키는 것. (여기까지 연결시키는 것.)

감정이 줄어들면 즐거움도 줄어든다. 하지만 괴로움도 줄어든다. 증오가 사라져 간다.

죄의식의 본질을 깨닫는다.

예를 들어,

반려견이 사람한테 짖을 때, 내 반려견을 혼내면, 상대방은 죄의식을 쌓는다. '비록 나에게 짖었지만 나 때문에 개가 혼나는 건 아닐까?' 그래서 화를 내며 개가 어쩌고 하는 것이다. 정중히 사과하고 반려견을 따뜻이 안으면 대다수는 다 웃고 지나간다.

자신의 아이가 실수로 피해를 줬을 때 타인 앞에서 자신의 아이를 혼내면 타인은 화가 난다. 나 때문에 혼나는 건 아닐까. 그러니 잔소리가 나온다. 죄의식을 줬으니까. 정중히 사과하고 아이에게도 사과할 의향을 묻는다. 아이는 사과를 하든 말든 한 번 더 사과한다. 그러면 대다수 다 웃고 지나간다. 아이는 순식간에 부모를 보고 알아서 배운다. 입력되면 출력된다. 그러니 아이를 혼내서 되는 것이 실로 단 하나도 없다.

무시하고 가면 상대방은 분노가 머리끝까지 찬다. 자아를 능멸 받은 것이다. 이러면 그 대가를 치른다.

정중히 허리 숙여 사과하면 99%는 다 웃으며 지나간다. 1%가 화를 낸다면, 그 사람은 지금 굉장히 마음이 아픈 사람이다. 바로 가장 약한 자. 그에게 한 번 더 죄송하다 하고 보낸 후 다음에 만나면 친절한 사람으로 변해 있다. 그저 보게 된다. 세상 사람 몽땅 다 선한 사람임을. 한 명도 악인이 없다는 걸 두 눈으로 보게 된다. 악은 결국 내 안에 있음을. 그 1%의 화내는 이가 바로 내 안에 남아있는 증오심이었음을. 확률이 작아질 뿐, 그것은 계속 있다. 어쩔 수 없다. 증오가 완전히 없으면, 사랑도 완전히 삭제되어 세상에 나는 없어진다. 죽음. 사랑이 죄가 아니라 생명력의 4방향의 파동이니까.

이걸 모르는 사람이 실로 있는가? 없다. 그런데 왜 모르는 척하는가. 자존심이라 불리며 내가 남들보다 낮아 보이면 무시당할 거라 믿게끔 세상이 버럭버럭 우기니까. 혹은 세상에 가까이하면 안 될 사람이라며 리스트를 끝없이 뽑으며 '논리적'으로 악의를 생성하니까. 그러면서 동시에 '서로 사랑하며 살아요~' 하니 도대체 이런 똥방구가 어딨단 말인가. 사랑하려니 이래라저래라 하게 되어 스스로가 혼돈에 빠져있으니 가장 쉬운 길을 어렵게 간다.

흉악범이라 불린 사람들, 그들의 고백에 이런 말이 꼭 있다. '나를 착한 사람이라고 믿어준 사람이 한명만 있었더라도.' 이것이 변명으로 들리는가. 실제 그렇단 말이다. 단 한명의 지지자. 오직 단 한명.

은식기를 훔쳐도 일부러 준거라며 은촛대는 왜 안가져갔냐며 죄조차 베풀음으로 역치환한 신부님의 말에 감명받는게 장발장 뿐이던가. 읽던 독자도 함께 감화되지 않던가.

그럴 수 있다. 그래도 된다. 마음속의 어둠. 그것. 누구에게나 다 있단 말이다. 그럼에도 사람들이 비난하는 것이 틀렸는가? 아니다. 세상에 그런 은촛대를 얹어주는 사람 못 봤으니까. 흉악범이 밖으로 나오면 반드시 또 세상의 악의에 흠뻑 젖을 것이 실로 두려운 것이다. 그러니 아무도 틀린 자가 없단 말이다.

그러니 어렵게 생각할 것 없다.

그저 내 옆 사람. 그저 내 지지자. 그저 약한 자.

가장 약한 자에게 하는 모습이

나의 본모습임을.

그 모습이 그토록 자비롭고 그토록 한없이 수용하는 무한의 공간을 가진 것을.

알게 되는 것.

당신 덕분에.

혼자일 수 없음을.

당신 있기에 나 있음을.

당신. 태어나서 고맙습니다.

지금 없는 것은 내 안에 있으니 → 찾을 방법이 없으니 → '무엇으로' = '어떻게' 찾아야 하나라는 방법의 문제를 → 무엇으로?의 함정에 걸려 → 무엇

= 사물 치환되어 → '공부'로, '종교'로, '과학'으로 '심리'로 '철학'으로, '마음'으로, '정신'으로 이렇게 등가 치환 된 것이 → 공부를 신으로 모시고, 종교를 신으로 모시고, 과학을 신으로 모시고, '자기 마음'을 신으로 모시고가 되어 → 세계에 지배를 당한다.

이런 동일 패턴의 함정에 모두 다 걸려 있다.

패턴을 붕괴시키는 것.

무엇으로 → '당신으로' 찾는 것. 당신을 신으로 모시기. '서로가 서로에게' 한 명만 하고 상대가 못 알아먹으면 굳이 시도하지 않기. 상대방에게 노력하지 않고, 열망하지 않는 것. 억지로 하면 아무것도 안 된다. 더 망한다. 되면 되는 대로, 안 되면 잠깐 말고, 또 해보고 되면 또 되는 만큼만. 그때그때 되는 것을 하는 것. 산을 움직이려 작은 돌멩이를 들어내는 것이 아닌, 그저 산 자체를 진동시키는 것. 파동의 입자화. 산을 1나노미터라도 그 자체로 이동시키는 것.

신이 당신일 때 비로소 모든 게 제대로 돌아간다. 조건도 자격도 다 필요 없는 무적의 신. 무논리로 시공을 지배하고 세계 따위 손바닥으로 가지고 놀며 우주를 품고 있는.

그저 당신.

당신은 들켰다.

당신이 신인 것을 다 들켰단 말이다. 그리고 옳단 말이다.

'나'를 위해서. 당신이 옳다.

12.
어디서도 웃는 싸움은 없다.
싸우면 결국 이겨도 슬픈 것

나는 달. 너는 태양. 우리가 합치면 어둠. 전쟁. 사랑.

그러니 합치되지 않고 일치되는 것.

서로 멀리서 그저 바라보는 것. 서로가 서로를 쫓지 않고, 그저 바라보는 것.

그것이 세상의 이치.

세상이 공멸로 가고 있다.

요즘 아이들이 '문해력'이 없다 한다.

독해력, **해독**력, **해석**력, **이해**력이란 똑같은 말이 있는데 굳이 '문해력'이

라 할까. 꼭 자신감이란 말이 있는데 '자존감'스럽지 않은가.

　자신감 → 자존심 → 존재감 → 자존감

신 → 존재로 약화되어. 자존심. 심장(마음)마저 인지를 못 하니 존재감. 존재마저 인지가 안 되니 자존감.

자아력이 저하됨을 그대로 보여준다. 소통이 안 되고 자기만 마음대로 하니 자만심

문(글월문.) 월. 달.

해. 태양.

문해력이 약해진다. 달과 태양의 힘이 약해진다.

그러니 문명. 문명이 쇠약해진다. 글자의 빛을 보질 못한다. 달이 눈 감으면 문명은 사라진다.

문명 = 운명. 사각형의 내각의 합은 360도. 원은 360도. ㅁ = ㅇ이다.

오래되면 모래된다. 그러니 문명이 사라진 곳은 사막화되어 있다.

운명이 사라져가니 사악화된다. 사악해진다.

우리네 세상 참으로 사악해지고 있다. 운명이 사라짐은 생명이 죽어감을 말한다. 운명을 극복하는 게임. 생명체를 생명화 시키는 게임. 죽은 자아를 부활시키는 게임. 옳고 그름이 없다. 게임 오버되면 다음 판 기다리면 되니까.

다음 판 기다리는 지루함이 외로움이다. 언제 끝날지 모르니 무지의 공포다. 누가 옳고 그름이 어딨는가. 다 이유가 있을 뿐 아무도 선하고 악한 자가

없다.

그토록 찬란했던 온 하늘에 가득한 별빛이 두어 개밖에 안 보인지는 오래 되지 않았던가. 명왕성까지 쫓겨내 가며 어떻게든 빛을 사라지게 온 힘을 다 쏟지 않던가.

우리 이미 다 알고 있다는 것.

정열적인 노력과 열정으로. 피와 땀을 쏟으며 한계까지 정신력을 몰아붙 여서 공멸로 치닫는 세상. 빛의 속도를 증명하니 어둠이 잠식해오고, 상대성 이론을 증명하니 우주가 멀어져 가고, 플루토늄을 지상에 실현하니 하늘에 플루토(명왕성)가 사라지듯, 힉스입자를 발견하니 암흑물질이 나오고, 핵융합 을 지상에 실현하면 하늘에 해는 어디로 갈까. 양자역학이 4진법 생명임을 모른 채 양자역학을 실현하면 생명은 어디로 갈까. 무한에너지가 나 + 너의 신뢰임을 모른 채 외부에 사랑이 있다고 믿듯 외부에 무한에너지가 있다고 믿으니 우리는 사라져 간다. 그저 연기처럼. 과학이 나쁘다는 게 아니다. 그 저 우리가 어둠과 만나려 하는 것뿐.

어둠아 잠시만 기다려. 빛의 내가 어둠의 너를 만나러 갈게. 내가 광속으로 달려감을 넘어, 양자도약으로 점프해서 너에게 갈 거야. 어떻게든 어둠을 만날 거야. 어둠아 너를 사랑해. 내가 늦었지? 시간을 지배해서라도 앞당길 거야. 달아. 나의 달. 달이 참으로 달구나. 그러니 달콤하고 달아. 언젠가 찰나 간 우리 만나 서로 확인하는 그날이 올 거야. 이번엔 내가 어둠이 될 차례 잖아. 오래 기다렸지. 어둠 속에서 그토록 나를 기다렸을 당신. 당신 있기에 내가 있으니, 이제 나 당신에게 자리 양보할래요. 얼마나 추웠을까. 그 속에서 항상 어둠 속에서도 나를 비춰주며 낮에도 억지로 떠서 눈부신 나를 바라보려 하다 점점 어두워지는 달. '나 여기 어둠 속에 있다.' 그 어둠조차 꺼내 드리리라. 빛 없어야 어둠 나올 테니 그 누가 죄가 있던가. 어둠을 못 나오게 하는 게 죄인가, 나오게 하는 게 죄인가. OLED 기술로 어둠을 더 어둡게 현실에 표현하는 방법도 알아. 어둠이 더 어두우면 빛을 더 뚜렷하게 하지만, 실상은 어둠 속에서만 더 뚜렷한 것도 증명했잖아. 현실 속에 어둠. 어둠은 이제 곧 현실이 되고 어둠이 빛이 될 거야. 우리 어떻게든 만날 거야. 그날이 오고 있구나.

참으로 희한한 세상 아니던가. 웃기지 않는가.

자연의 이치.

그러면 사람들은 어쩌자고 불멸하지 않는가.

재미가 없으니까. 서로 멍하니 바라보면 아무 재미가 없으니까.

공허함.

즐거움이란 무엇인가.

그러니 누가 잘못하고 잘하고 있는 게 실로 아무것도 없다.

잘잘못 자체가 아예 존재가 불가능하다는 것.

고마움 = 옛마음. 태초의 마음.

태어나서 고맙습니다.

이 세상 모든 것이.

덕분에 웃습니다.

당신 웃기에.

사랑이란.

당신

즐거움이란.

우리

조건은.

없음.

13.

Rewrite the stars

그러니 도돌이표 아니겠는가.

나 지쳐 어두워질 때.

당신 빛무리에 휩싸여 있어지기에, 같은 후회하지 말자며, 울지 않고 즐겁게 '함께' 살자며,

더욱 멋진 별자리 그리는 데 집중하다,

나 등 뒤에 시들어 바람에 흩날려 먼지가 된 줄 모르고, 새로운 별자리는 우리를 찬란하게 만들 거라며 활짝 핀 데이지 꽃 같은 당신의 순수한 모습 잔향만이 남을 때.

당신 무언가 잊은 듯 뒤돌아보니.

또 '나'를 찾지 않겠는가.

나는 누구인가

이 책은 아마도 도돌이표가 된다